SOULS
SLAUGHTERS
03:10:27
HD
徐永遠
TELEPATH
XU YONG-YUAN
Profile
被困在地獄深處的生者靈魂，擁有心電感應能力。
爽朗親切的型男，容易讓人產生好感。
靈魂型態
生者
技能類別
心電感應
Souls Slaughters
SOULSXSLAUGHTERS

SOULS
SLAUGHTERS
REC
09:09:14
Souls Slaughters
戴仁佑
HUNTER
DAI REN-YOU
Profile
在異空間狩獵的「死者」，生前是盜獵者，遭同伴拋下後落入陷阱死亡。
在異空間的狩獵場待了太久，開始感到厭倦。
靈魂型態
死者
技能類別
獵人
SOULSXSLAUGHTERS

GOBOOKS & SITAK GROUP©

GOBOOKS
& SITAK
GROUP ©

三日月書版

三日月書版

靈魂殺戮
SOULS x SLAUGHTERS
ソウルズ
草子信 著
茶渋たむ 繪
03
輕世代 FW389
三日月書版

SOULS × SLAUGHTERS

CONTENTS

楔子 011

第一夜
陷阱（上） 019

第二夜
陷阱（中） 043

第三夜
陷阱（下） 067

第四夜
同類（上） 089

第五夜
同類（下） 113

第六夜
黑影人（上） 137

第七夜
黑影人（下） 161

第八夜
渡假村（上） 185

第九夜
渡假村（中） 207

第十夜
渡假村（下） 227

後記 249

ソウルズ x スローターズ

+ + + + + SOULS x SLAUGHTERS

SOULS SLAUGHTERS

Souls Slaughters

杜 軒

BARISTA
DU XUAN

Profile

從小就有「預見」能力，可以被動看見尚未發生的事。
聰明有心計，但心地善良，無法棄他人於不顧。

靈魂型態	技能類別
生者	預見者

SOULS×SLAUGHTERS + + + +

SOULS
SLAUGHTERS

Souls Slaughters

夏司宇 HYENA XIA SI-YU

Profile

生前是職業軍人，
綽號「不死的鬣狗」。
不苟言笑，總是表現出漠然的態度，但有著不隨便殺人的堅持。

靈魂型態	技能類別
死者	戰鬥專家

SOULS×SLAUGHTERS + + + +

楔子

穿過隧道的夏司宇和杜軒，並沒有如願離開迷霧小鎮，但好消息是，這裡的霧沒有那麼濃，視線比較清晰。

因為杜軒看起來很不舒服，需要時間休息，於是夏司宇便抱著他隨便挑了間空屋，打算當作臨時休息的據點。

他暫時把杜軒放在沙發上，確認房子安全無虞後，才將他帶進臥室。

杜軒仍沒有醒來，他的臉色不太好看，不但蒼白還充滿疲倦感，即便生者在這個世界只是靈體狀態，卻仍需要休息以及睡眠。

夏司宇知道這種情況下不能隨便帶他移動，而且他們現在對於這個空間的情報掌握得太少，現在最要緊的就是先了解周圍的危險性。

他做在床邊，看著杜軒熟睡的臉龐，頭痛萬分地嘆息。

這次真的是運氣好，杜軒才能活下來，雖然還有很多疑點，不過現在他們根本沒有心思去仔細考慮，目前最優先的事項，就是要在他被轉移出去前找到存放靈魂的道具。

「得想辦法搜集情報。」

夏司宇拿起放在桌上的便條紙，以防萬一，先寫留言給杜軒。

留下便條紙和對講機之後，他揹起包包走出房間，頭也不回地離開。

他找的這間房子是兩層樓的獨棟房，與周圍的獨棟相比坪數稍小，不過夠他們倆個人住，而在這條街兩側都是類似的房子，相隔距離不是很遠，除街道外，都還附有門前的草坪和小花園。

這個地方很像是歐美電影常出現的社區，在深夜、沒有光線的世界裡，顯得陰暗可怕，總覺得好像隨時會出現怪物。

夏司宇蹲在屋頂上，用他剛才從武器庫裡取得的夜視鏡觀察周圍。

隧道另一側明明很多人，危險性高而且還有不少怪物，但這裡卻相當安靜，像是除了他跟杜軒之外沒有其他人似的。

不太對勁。

他雖然是初次來到「內部」，所掌握到的線索也只有基本，但他很清楚，這個地方絕對不會這麼荒涼。

夏司宇跳回地面，與其浪費時間思考，不如行動起來比較實際。

他抓緊背帶，決定先從附近的房子尋找線索。

就在夏司宇離開後沒多久，躺在床上的杜軒睜開眼睛。

剛醒來的他只覺得頭痛欲裂，但是已經比剛才要來得好很多。

他的「預知」能力從來就沒有影響過身體狀況，連他自己也不知道為什麼會變成這樣，唯一能想到的，就是之前救他命的「碎片」所說的話。

要是每次「預知」都會讓他身體變得如此虛弱的話，對他們來說絕對不是什麼好事，但剛才如果沒有這份力量在，他跟夏司宇都會陷入危險。

「……果然還是得跟夏司宇說清楚。」

他剛才利用「預知」迴避了危險，夏司宇肯定會起疑心，想要活下去的話，他就只能依靠夏司宇。

信任關係中最忌諱祕密和互相猜忌，他擁有「預知」能力的秘密必須先讓夏司宇明白，不過夏司宇會不會相信，又是另外一回事。

杜軒起身，發現身體還有些虛脫，很快他就發現床頭櫃有個對講機，下面還壓著一張紙條寫著「等我回來，不要亂跑」八個字。

十之八九是夏司宇留言給他的，看來他還是乖乖在這裡等他回來比較好。

是說，這麼大膽把他一個人丟在未確認安全的地方，夏司宇真的很敢。

杜軒放棄起身，重新躺回床上，不知道是不是體力還沒完全恢復的關係，明明還很擔心這棟房子的安全性，但花不到三秒時間便立即入睡。

再次醒過來的時候，房間內的茶几上點著一盞小型露營燈，夏司宇則是坐在椅子上整理槍枝。

才剛挪動身體，夏司宇就抬起頭來，和他對上眼。

「醒了？」

「……嗯，抱歉。」

「不需要道歉。」夏司宇把槍放回桌上，皺緊眉頭，嚴肅地盯著杜軒，「現在能好好解釋剛才是怎麼回事嗎？」

杜軒用手指輕摳臉頰，無奈苦笑。

雖然知道會被夏司宇追問，但沒想到他散發出低氣壓的逼問態度，還真讓人有些心驚膽顫。

「說之前我想先問你，你相信我說的話嗎？」

原本以為夏司宇會猶豫後再回答，沒想到他連想都沒想，立即開口：「相信。」

夏司宇給予的過度信任，反而讓杜軒有些不好意思。

「我其實有預知能力。」

他一開口，就看到夏司宇的眼神變得比剛才還要恐怖。

這讓杜軒有點緊張，果然預知未來什麼的，還是很難讓人信任。

沒想到，很快他就發現自己錯了。

夏司宇並不是不相信他，而是將剛才遇到的事情重新審視一遍。

「沒想到我隨口說的一句話，竟然是真的。」

「原來你還記得？」

「嗯，我記憶力好。」

夏司宇說完後便起身走向床邊，伸出手摸摸杜軒的腦袋瓜。

明明已經不是被人摸頭的歲數，但杜軒卻覺得此時此刻，夏司宇的掌心傳來的溫度，令他感到安心。

「謝謝。」

即便不是在這裡，他也從來沒感受過這種暖呼呼的溫度。

原以為自己不在乎一個人生活，現在看來，他只是硬著頭皮強迫自己習慣。

因為夏司宇在身邊的關係，他開始變得想要去依賴別人，但這個人如果不是夏司宇的話又不行。

這，大概就是信任。

「你能走路嗎？」

「沒問題，體力也恢復得差不多了。」

「那麼，再過幾個小時我們就離開這裡。」

「離開……要去哪？你有目標？」

「不，但既然短時間內離不開，就得找個地方安置你。」

杜軒立刻就明白夏司宇的意思，他並不反對這個決定，倒不如說夏司宇的安排很踏實。

他會拖累夏司宇，但如果他落單的話，又很有可能會引來殺機，想要快速找到他們想要的東西，讓夏司宇單獨行動是最快的解決方案。

夏司宇知道杜軒不傻，就算沒有說明清楚，他也能立刻反應過來。

他就是喜歡杜軒這點，不用多廢話就能互相明白的默契。

「你一個人不會怕吧？」

「又不是第一次，你不用擔心，我能照顧好自己。」

他杜軒可不是省油的燈，也不想想他已經來過多少次，當然有自保能力。

夏司宇眨眨眼，盯著信心爆棚的杜軒，忍不住伸手弄亂他的頭髮。

「哇！你、你幹嘛？」

夏司宇聽見他大喊，才停止動作，慢慢把手收回。

他一臉困惑的看著自己的手，再看看杜軒埋怨的表情，尷尬地起身回到椅子上，繼續擺弄武器。

杜軒一邊整理頭髮，一邊盯著夏司宇看，但沉默寡言的男人，卻再也沒有對他開口說半句話。

第一夜

陷阱（上）

剛開始來到這個詭異的濃霧小鎮時，杜軒還有點擔心，因為一來就遇到怪物，又被狙擊手攻擊，所以他原以為在這裡會過得很艱辛，實際上卻和他想得不同。

算算時間已經過了七天，除了有點無聊之外，生活過得很平靜，雖然偶而還是會撞見怪物，但只要有夏司宇在，基本上不會有危險。

至於他是怎麼計算日子的，很簡單，靠他的電子手錶。

明明沒有特別調整過，但它看上去就像是會隨地方改變而自動校正，就算他想試著操作，可是不管怎麼按都沒反應，就像是被這個空間「固定住」一樣，只會照著它的意志來走。

由於「內部」永遠都是黑夜，濃霧也不曾散去，所以杜軒乾脆就以電子手錶顯示的時間為準，用它來計算日子。

不過夏司宇似乎不太需要像他這麼費心，他自己本身好像能夠知道天數過去多久一樣，還會準時提醒他吃飯、洗澡跟睡覺，生理時鐘準確到可怕的地步。

果然這個空間是以死者為主的，他們所占的優勢比活人大太多，但是會這樣也不奇怪，畢竟來到這種地方，誰還會像他一樣悠哉地數日子，光是想辦法活下去都有問題了。

一這樣想，杜軒就覺得自己真的很幸運。

「你皺著眉頭坐在這幹嘛？」

揹著獵槍回到屋子的夏司宇，一進門就看到杜軒盤腿坐在單人沙發椅上，像是在思考什麼，連他走路的聲音都沒聽見。

杜軒趕忙鬆開眉頭，慢半拍和他打招呼：「你回來啦！」

「……嗯。」

雖說他們已經住在一起七天多的時間，這些日子以來杜軒也都用同樣的方式和他打招呼，但夏司宇就是沒辦法習慣這種像是同居般的對話。

他跟家裡關係不怎麼好，就算休假也只是回到單身套房裡等待下一次的出勤指令，所以從來沒想過和其他人一起生活是什麼樣的感覺。

老實說，他不覺得討厭。

「有找到什麼線索嗎？」

杜軒充滿期待地問，卻見到夏司宇搖搖頭。

坦白說他本來就不覺得容易，所以也沒感到很沮喪，但說不難過絕對是騙人的。

還有時間，說放棄還太早，可是他不得不開始考慮備案。

「你是想找其他方法嗎？」夏司宇把槍放在沙發旁邊，坐在他對面，「先跟你說清楚，你知道你一個人是沒辦法在這裡活下去的吧。」

「嗯，所以我在考慮要不要跟其他人合作。」

「……什麼？」

夏司宇被他說的話嚇到，他沒想到杜軒竟然想去信任他以外的人。這麼做不但風險高，也很魯莽，所以他還以為杜軒不可能會考慮他之外的死者。他拉下臉，臉色相當難看，陰沉的氣息反把杜軒嚇一跳。

「呃！你幹嘛這麼不開心？」

「聽到你要去送死，怎麼可能笑得出來。」

「我又沒這樣講，都說了是找個備胎。」

「杜軒，別做蠢事，不會有死者願意保護活人的，你很清楚不是嗎？」

杜軒頓了一下，尷尬地用手指摳摳臉頰。

每次夏司宇用這種口氣說話，就表示他是真的在不爽。

他也不是不知道這樣做的風險有多大，但是總比一個人要來得強。

杜軒已經參與過很多次遊戲，自然明白夏司宇的意思，也懂他在擔心什麼。

「我知道，只是想說會不會有跟你一樣的死者。」

夏司宇斬釘截鐵地回答：「不會有的，有的也只有像戴仁佑那種不定時炸彈。」

「啊哈哈……你還真是說了個令人懷念的名字。」

老實說，他確實是想找像戴仁佑這樣的死者，雖說戴仁佑是那種利益主義者，之前會選擇幫助他們、跟他們一起行動，也不過是覺得有趣罷了，誰也不知道，哪天他覺得失去興趣後就會出手把他殺掉。

畢竟只要他跟在身邊，隨時隨地都能出手，而這段時間與其說是保護，倒不如說是在觀察玩具那種感覺。

即便如此，他還是不得不承認，要找到第二個像戴仁佑這樣的死者，比登天還難。

杜軒知道自己的點子很糟糕，但實在是因為沒別的選擇。

「要不然你幫我挑挑看有沒有能信任的死者？」

「沒有。」

夏司宇想也不想，一秒否定。

杜軒除苦笑之外也沒其他辦法。

看樣子還是先別提這個話題比較好，依照夏司宇的個性，肯定不會退讓。

「行吧，我就不繼續提這件事了，但是找這麼久都沒發現那個道具的線索，是不是表示沒有人有？」

「雖然存放靈魂的道具很稀有，但數量沒有少到這麼難取得。」

「我說，你是不是沒搞清楚『稀有』這個詞的用法？」

「沒有搞錯，我會這樣說是因為『內部』的死者都不是什麼小角色，以那些人的實力，肯定會有。」

「這只是你的猜測而已吧！」

「你明天跟我一起行動。」

「什、什麼？怎麼突然跳到這個話題？」

「我要去的地方比較遠，沒辦法短時間內回到這裡來，所以你要跟我一起去。」

「……好吧。」

這個房子住起來很舒服，地理位置上也很安全，還有能夠應付緊急時刻的藏匿處，所以杜軒原本想著能多住幾天，但從夏司宇的口氣來判斷，大概是不可能了。

「你說遠，是要到哪裡？」

「明天就會知道。」

「你是不是不知道所以隨便說說。」

「只是不太確定那個地方的安全性而已，畢竟我是第一次過去那附近。」

「這樣的話帶著我不是更麻煩？我只會拖你後腿吧。」

「總比把你一個人放在視線之外的地方來得安全。」

「你不是有為了緊急情況而準備的暗房嗎？我只要躲在那裡就好。」

「……我說不行就是不行。」

夏司宇說完便起身，走過去拉住杜軒的手臂，把人從沙發椅扛起來。

「走，睡覺去。我不會改變已經決定好的事，所以你別想一個人留在這裡。」

「什——現在才晚上九點！你的生活作息怎麼跟老人一樣！」

「話雖這麼說，但你每次還不是睡得很熟。」

「唔呃呃呃！」

無法反駁的杜軒，只能悶悶不樂地發出充滿怨念的聲音，乖乖被他扛回房間。

隔天，他凌晨三點就被夏司宇搖醒，在這個時間點醒來真的讓人開心不起來，杜軒的臉色當然也沒好看到哪裡去。

「起床。」

夏司宇冷靜的命令，一下子把杜軒嚇醒。

他揉揉眼，掃去還想睡回頭覺的心情，被夏司宇拎起來帶進廁所洗臉。

冷冰冰的水灑在臉上後，杜軒才提起精神，等到他梳洗完畢後，發現夏司宇已經把東西都準備好，手裡還拿著他的胸包。

「醒了？」

「嗯，醒了。」

杜軒邊打哈欠邊回答，令夏司宇的眉頭皺得更深。

「待會跟緊我，別亂跑。」

「放心吧，我哪都不會去，而且我速度也沒你快，我還比較怕被你扔下。」

夏司宇把胸包從頭往下套在杜軒身上，不知道是不是因為杜軒剛才那句話的關係，他還在兩人的腰間綁上一條白布。

這樣看起來就像是媽媽牽著孩子，杜軒覺得自己完全被小看了。

「我是容易迷路的小朋友嗎？」

「你敢否認？」

「……不，沒事。」

杜軒舉手表示沒異議，接著就這樣被夏司宇半拖半拉的走出屋子。

外面的天色依舊漆黑，即便過這麼多天，景色看起來還是跟他剛來的時候一樣，沒有變過，而且除了過隧道前還有看見其他人之外，這段時間都沒見到夏司宇之外的人影，所以連他也不清楚夏司宇究竟是跑去哪裡蒐集情報。

原以為獨自留在屋子裡會有危險，他還想了很多種自保方式的說，結果半個都沒用到，反倒是自己因為想太多而多了幾根白髮。

夏司宇似乎已經把附近摸熟，熟門熟路的，也對附近的地形很熟悉，甚至連哪個地方會有怪物徘徊都知道。

往前走十分多鐘後，夏司宇停下腳步，回頭向杜軒示意。

杜軒點點頭，往前靠進，輕輕拉住他的衣角，小心翼翼往前。

過兩個街口後，杜軒看到霧裡有人影浮現出來。

一個、兩個……不，是一群人。

看起來應該是小團體。

「嘖，是死者。」夏司宇小聲地向他解釋，「這附近死者比較多，而且都是團體行動，我們不直接走過去，用繞的。」

「他們聚集在這裡幹嘛？」

「互相交換情報，還有就是炫耀彼此殺掉的活人數量吧。」

杜軒不由得冒冷汗。

這幾天過得太安逸，甚至讓他遺忘這裡是隨時都會面臨死亡的遊戲空間。以往他都是見到活人數量大於死者人數，反過來之後沒想到會讓人這麼緊張。

夏司宇觀察那群人的動態後，帶著杜軒繞過他們，但途中他們又遇到不少死者團體，密集程度和他之前調查時有點不同，反而讓夏司宇覺得不太對勁。

仔細思考後，他決定鬆開綑在腰上的白布，調查清楚。

「你待在這不要動，我去看看情況。」

「什、你要幹……」

杜軒才剛開口，還沒說完夏司宇就已經走掉，根本不給他時間。

沒辦法，他只能乖乖留在原地等候，盡可能讓自己變成透明人，降低存在感。

夏司宇進入死者群體，果然跟他想的一樣，這些人並不像剛才前面遇見的那些死者，他們並不是團體，而是單獨行動的死者。

他用外套領口後的帽子遮住亮眼的金髮，混在人群中，聽這些人的討論。

「不是說有批活人會被傳送到這嗎？等這麼久怎麼還沒見到？」

「你有點耐心行不行！本來時間就不會算得這麼準。」

「欸，你到時別跟我搶獵物，聽見沒！」

「誰管你，當然是先搶先贏。」

「媽的！信不信我先把你幹掉！」

「哈啊——好想睡啊。」

對話沒有統一性，但對於想知道情報的夏司宇來說已經足夠。

只是，他有點懷疑這些死者是怎麼掌握情報的，通常不可能會事先得知被傳送到「內部」的活人位置，而是隨機性的才對。

「你們是怎麼知道這裡會有活人出現？」

夏司宇挑了幾個看上去不太聰明的死者交談，但是對方卻一臉嫌棄地看著他。

「搞什麼？你第一次來？」

「嗯。」夏司宇簡單回應，他並不想跟這個人聊太多。

「哈！原來是個菜鳥，這樣的話你不知道也是正常的。」對方似乎認為夏司宇能力不強，因此態度也變得傲慢起來，「一般來說不會事先知道，這個地方從來不會主動告訴『獵物』的位置。」

這個男人口中的「獵物」，就是指活人靈魂。

他說話的語氣和戴仁佑有幾分相似，感覺很粗糙、沒禮貌，而跟他站在一起的同伴也和他差不多，就算夏司宇沒跟他搭話，也自己主動湊過來說話。

「對啊對啊，通常都要靠運氣，只是最近這幾天不知道怎麼回事，武器庫裡都會公佈活人傳送的大致時間跟位置，所以大家才會聚集在這。」

「武器庫？」

「你該不會連這都不知道吧！要不然你武器哪裡拿的？」

「……不，我知道武器庫是什麼地方，但那不是隨機出現嗎？」

「這個城鎮有個固定的武器庫在，雖然不大但還挺有幫助的，所以才會有這麼多人留下來，或是在附近設據點。」

夏司宇困惑地皺眉，「固定的武器庫？」

這情報還真新鮮，看來他得去那個地方看看。

武器庫的話搞不好會有存放靈魂的道具，特地跑一趟沒損失。

「我想知道它在哪裡。」

「呵，那你要拿什麼來換？」

對方雙手環胸，一副高高在上的樣子。

夏司宇沒打算跟他浪費時間，從包包裡拿出一盒子彈。

這是相當稀有的子彈，平時很難取得，不但威力大，也適用於大部分槍枝，所以在死者之間有相當高的價值。

見夏司宇能面不改色拿出這樣的東西來跟他談條件，男人勾起嘴角，笑了。

「行。」

他拿出一個小型指南針，交給夏司宇，成功從他手裡換得子彈。

夏司宇知道這個指南針的功用，所以並沒有懷疑，但如果對方說謊的話——

「你能保證沒說謊？」

「當然。」男人舉起雙手表示無辜，「如果我說謊，你大可回頭來殺我。」

夏司宇把指南針收進口袋，接著便打算直接轉身離開，但這兩名死者看到夏司宇一聲不吭就想走人，立刻交換眼神，打起壞念頭。

其中一個人抓住夏司宇的肩膀，「喂！等一下，你真以為我們會讓你離開？」

接著剛剛才拿走一盒子彈的男人，朝夏司宇伸出手討東西。

「把你包裡的東西留下，我們就讓你走。」

這兩名死者的貪念一覽無遺，只可惜他們根本沒料到，自己惹錯了人。

夏司宇停下腳步，轉頭看向他們。

散發厲光的眼眸狠狠掃在兩人身上，當場把這兩名死者嚇得往後退。

直覺告訴他們，接近這個人會有生命危險，於是他們很識相，摸摸鼻子離開。

夏司宇沒理會，獨自沒入人群後，回到杜軒等待他的位置。

正在吃營養棒的杜軒抬起頭，朝他眨眨眼。

看他這麼有精神的樣子，夏司宇連想碎唸他的力氣都沒了。

「你膽子還真大。」

「我只是在吃早餐……」

「這種情況下你還會餓肚子？」

「民以食為天嘛。」

杜軒吃完後，還順便喝點水潤喉。

夏司宇就這樣默默等他用餐結束，並重新把白布綁在腰間。

「這裡待會會變得很危險，先離開。」

「你查到什麼了？」

「好像有個會固定出現的武器庫，我打算去那裡。」

「固定出現？你不是說武器庫是隨機的嗎？」

「我也不是很清楚，但那裡可能會有我們要的東西，所以先過去看看再說。」

夏司宇不願再等，一把拎起杜軒。

已經不是第一次這樣被他提著走，杜軒早就習慣成自然，只是他有點在意夏司宇這麼急著離開的原因是什麼。

雖然這裡死者數量很多，對他來講確實很危險，但從夏司宇的反應來看，似乎又不像是只有這個原因……

突然，天空傳來雷聲。

轟隆聲過後五秒，雲層裡出現閃光，像是雷電之類的。

起先杜軒只是好奇怎麼突然變天，畢竟他在這裡一週都沒見過天氣有產生變化。就像是沒有白晝的存在，這個空間沒有所謂的「天氣現象」。

不過這聲雷響，倒是讓原本交談著的死者們同時安靜下來，接著，所有人拿出各自的武器——槍械、棍棒、刀具，各式各樣。

很顯然，他們是在準備對付某種東西。

杜軒才剛開始思考有什麼東西會冒出來，突然天空吹起烈風，風壓強大到讓人難以用雙腳站穩，感覺隨時都有可能會被吹飛。

就在他感覺到雙腳騰空的瞬間，夏司宇抓住他，這時他才發現兩人之間綁著的白布不知道什麼時候斷掉。

這時他才發現，烈風裡夾雜著斷裂的樹枝跟碎石，估計就是因為這些東西把白布割斷的。

和他不同，夏司宇像是不受到烈風影響，穩穩地蹲在地上，緊抱住他的身體。

「這、這到底是怎麼回事！」

「是靈魂風暴。」夏司宇抬起頭看著天空，「這表示有『生者』的靈魂要來了。」

杜軒聽都沒聽過這個詞，但夏司宇看上去很熟悉這種情況。

他縮在夏司宇的懷裡，全靠他來保護自己不被吹走，大約過三分鐘左右之後周圍才安靜下來，可是緊接而來的，是強烈的恐懼感。

杜軒臉色鐵青，不由自主地顫抖，夏司宇看到他的狀況，什麼也沒說，只是更用力抓緊他的手臂。

他雖然沒有出聲安慰，但他的行為卻稍稍安撫了杜軒焦躁不安的情緒。

夏司宇靠著牆壁，稍稍探出頭查看街道的情況。

所有死者全都露出嗜血殺戮的眼神，同時，原本只有死者存在的街區，出現了許多徬徨、恐懼的身影。

——是活人，而且人數遠超出他的想像，怪不得死者們會全都湊過來。

這些被轉移過來的活人們根本還搞不清楚狀況，便開始被死者們圍捕、獵殺。

撕心裂肺的慘叫聲四起，場面很混亂，夏司宇和杜軒躲藏的地點也已經漸漸變得不安全。

「能跑嗎？」

夏司宇低聲詢問懷裡的人，窩在手臂底下的杜軒雖然沒有回答，但點了點頭。

他稍微放輕力道，卻發現杜軒還在發抖，反倒讓他懷疑他是不是真的能走路。

耳邊聽見有腳步聲接近他們躲藏的位置，夏司宇沒辦法，只好拉住杜軒的手，把人從懷裡改掛到背上去，就這樣直接揹著他往反方向躲藏。

幸好現在人多混亂，死者的目的大多都在那些活人身上，只要從邊緣繞過去的話基本就能順利閃過這場災難。

「內部」的死者果然都不是省油的燈，光是散發出的殺氣就能讓活人變得動彈不得，杜軒會突然失去力氣、無法控制地感到恐懼，也是這個原因。

他記得杜軒沒遇過這種情況，但就算遇過，恐怕也沒辦法習慣。

杜軒對他的行為一點反應也沒有，也不像剛才那樣有胃口地吃東西，整個人精神糟糕到不行。

夏司宇揹著他，靈巧地閃避其他死者之後，終於到達比較安全的區域。

杜軒停止顫抖，精神似乎也恢復不少，他睜開眼，滿頭大汗，看起來就像是發高燒一樣難受。

「怎……怎麼回事……」

「那些死者能力太強，你受到影響了。」

「唔！怪不得我頭快痛死。」

夏司宇小心翼翼把杜軒放下來，杜軒皺著眉頭，難受地搖晃腦袋。

他總覺得自己剛才好像有一瞬間失去意識，整個腦袋都被恐懼籠罩，就算聽得見夏司宇說的話，也能感覺到危險，但就是無法動彈。

這種情況，他還是第一次遇到。

「所以剛才到底發生了什麼？」

「死者開始獵殺靈魂，那裡現在不能靠近。」

「靈魂？」杜軒揉揉太陽穴，「啊啊……其他活人嗎……」

也就是說，現在大部分的死者都被支開，其他地方相對安全。

例如，夏司宇打算去的武器庫。

他不能扯後腿，得趕緊恢復才行，至少要往前進，不能再繼續逗留。

「走吧，去你說的那個武器庫。」

「……你可以嗎？」

「可以，不用擔心。」

夏司宇仍有些擔憂，但他知道這是個機會。

等這場獵殺結數過後，其他死者肯定會再次回到武器庫，到時那附近反而會變得比較危險，對杜軒不利。

——他原本是這樣打算的。

就在兩人決定好目標之後，地面突然劇烈地上下抖動，讓人站不穩腳。

杜軒搖搖晃晃，差點摔倒在地，幸好夏司宇即時拉住他，才沒讓他跌下去。

「怎麼突然地震？」

「嗯，不正常。」

才剛說完地面就發出光芒，像是一盞盞聚光燈，而在聚光燈下，出現了許多徬徨無助、不知道發生什麼事的人們。

夏司宇一眼就看出他們是活人，可是，明明剛剛才送過來一批，怎麼可能短短幾分鐘內又出現第二批？

「那、那些人是？」

「活人。」夏司宇皺緊眉頭，覺得事情不太對勁。

正當他想要拉住杜軒，盡快和他一起離開這個區域的時候，地面又開始劇烈地震動，然而這次，地面迅速龜裂，裂痕正好從兩人之間切開。

夏司宇驚覺不妙，急忙向杜軒伸出手。

「杜軒！」

杜軒也察覺出危險，匆匆將手舉起來，想要抓住夏司宇。

但，他所站的位置突然下陷幾公分，杜軒一個中心不穩，搖搖晃晃地往後倒。

夏司宇見狀，立刻跳到他那邊去，就在這個瞬間，這側地面快速下陷，變成傾斜的滑梯，直通往地底。

「嗚哇啊啊！」

杜軒像是突然坐上速度極快的溜滑梯，加上眼前又是深不見底的地底，嚇得他不由自主大喊。

夏司宇將他的頭壓在胸前，不悅咋舌，就這樣護著他滑入地底。

不知道該說幸還是不幸，下滑的深度不長，大約十幾秒鐘他們的身體就自動停下來，腳也穩穩地踏在碎裂的路面。

兩人睜開眼，只看到眼前一片黑，暗度比平面還要高許多。

「停……停下來了？」

「嗯。」夏司宇起身，順便把杜軒拉起來，他垂眼盯著杜軒看，掃視他的身體有沒有其他外傷，「沒事吧？」

杜軒在原地跳了兩下，扭扭手腕和腳踝。

「沒事。」

要不是夏司宇護著他滑下來，恐怕他不可能平安無事。

他抬起頭，從這裡還能看見路面，就表示其實滑下來的距離不遠，只是要爬回去還是有點困難。

「前面可以走。」夏司宇不知道什麼時候拿出手電筒，照亮前面的路之後，回頭跟杜軒說：「那裡的高度爬得上去。」

他很自然地向杜軒伸出手，杜軒也沒想太多，抓住之後跳到他旁邊去。

「說起來，剛才不是出現很多活人嗎？那些人都……哇靠！」

杜軒原本只是隨口提起，沒想到轉頭就看到地面有個物體在扭動，嚇得他跳到夏司宇身上去，像無尾熊掛在大樹幹上面一樣。

夏司宇沒當回事，冷靜地用手電筒照那個「物體」。

透過光線輔助，杜軒才看清楚原來那是個人，但他還是沒鬆手。

因為周圍全部都是人，看樣子應該就是剛才被傳送到這裡來的活人靈魂。

才剛來就遇到地震，只能說有夠倒楣，但還不止這樣。

「啊啊啊啊！」

寧靜的空間突然傳來慘叫聲，而且聲音越來越多、越來越接近。

摔傷的活人們顧不得自己受的傷，一個個爬起來，往反方向逃難，想要遠離慘叫聲傳出的方向。

「那些死者該不會殺過來了吧！」

「看樣子應該是。」夏司宇看了他一眼，「其他死者應該有發現這次傳送，所以才會跑過來。」

杜軒從夏司羽身上跳下來，拍拍衣服上的灰塵，從胸包裡拿出手電筒。

「走吧。」

「嗯。」

夏司宇點點頭，他看那些逃跑的活人都離他們有段距離，而且也沒有靠近，於是便轉身帶路。

沒想到，才剛這樣想沒過幾秒鐘時間，突然有一大批活人集中直奔兩人，就像是有猛獸在身後追趕似的，拚命逃跑。

人群就像海流，尤其是這些人連滾帶爬地跑，根本不管其他人的死活。

他們現在站的位置根本沒有閃躲的空間，只能眼睜睜看著自己被人海淹沒，來不及抓住杜軒的夏司宇就這樣被迫和他分開。

「杜軒！」

「夏、夏司宇？」

眼前突然失去夏司宇的身影，杜軒有些慌張，但他很快就冷靜下來。

不行，他現在得想辦法顧好自己。

他被這些活人用力的撞來撞去，雖說他好歹是個男人，有反抗的力氣，但這些人的力道過猛，加上連續衝撞，他最後還是不小心被推倒在地，手電筒也掉在地上，滾得老遠，閃爍幾次光芒後就暗掉，看樣子應該是摔壞了。

這些人似乎根本沒顧及其他人的安危，對於被撞倒的他，看也沒看一眼，更沒有停下來的意思，沒辦法自保的杜軒，只能無力地被亂腳踩死——突然，他被人從地上拉起來，拖到最旁邊、靠著斷壁的位置。

兩人將身體緊貼牆面，好不容易才等到這群人離開，但，還不是喘口氣的時候。

五名死者組成的小隊慢慢走過來，嘴裡哼著歌、手裡拿著木棒和鐵棍，看上去就像是來血拼的小混混。

他們抓住落後或是跌倒的活人，一棒就將人的頭打爛，然後再拖著癱軟無力的屍體，像是在散步。

杜軒愣了半秒，他從這些人身上感受到剛才那股讓他無法動彈的壓迫感。

照夏司宇的意思來說，這些人是能力偏強的死者。

有夠倒楣。

「跑得真慢。」

「反正我們有的是時間，先讓獵物跑到精疲力竭後再殺掉也挺有趣的。」

「你還真喜歡做這種浪費時間的事，我的話就直接殺了。」

團體裡的兩個人在交談，看起來相當輕鬆，而另外三個人則是抓著落單或是跑不動的活人一陣亂打。

他們身上濺滿鮮血，卻露出相當愉悅的笑容，殺得相當痛快、過癮。

杜軒想要逃走，無奈雙腳卻無法動彈，剛才拉住他躲到邊邊的那個人也跟他一樣害怕，抱住自己的雙臂顫抖，雖說因為沒光線的關係，他看不清楚這個人的臉，但肯定比他還要難看。

短短猶豫不到幾秒鐘時間，這五個人已經來到他們面前。

黑夜中，這五個人的眼眸散發出銳利的光芒，看起來格外滲人。

隨即，杜軒看著他們露出笑容，那個原本拖著屍體的男人，更是直接拋下它，直徑朝他們走過來。

「這裡還躲著兩個啊？真可愛。」

那隻不知道沾有多少活人鮮血的手掌，慢慢伸向杜軒，原本被恐懼困住而無法動彈的杜軒，像是突然找回意識一樣，飛快地從胸包裡拿出短刀，毫不猶豫地刺進對方的掌心裡。

男人嚇了一跳，他的同伴們也都愣在原地，似乎沒料到活人竟然會反抗。

杜軒咬緊下唇，抓緊這個機會拉住旁邊人的手，轉身逃跑。

他才剛轉身背對男人，對方的嘴角便迅速上揚，將掌心的短刀抽出來之後扔向杜軒的脊椎位置。

杜軒根本沒發現，只想著要離開這裡，直到聽見背後傳來一聲脆響鏘。

側邊飛過來的子彈，準確無誤地將飛向杜軒的短刀打飛。

五名男子完全沒料到會變成這樣，立刻往子彈射過來的方向看過去。

沉重的靴子踩踏在地面上，一步一步地靠近他們。

從陰影中走出來的人，帶著強烈的殺氣，周圍的氣溫瞬間驟降至零度以下。

映入綠色眼眸裡的身影，反射出這些人心中的恐懼，男人們立刻就明白了雙方之間的實力差距。

接著，其中一人顫抖著喉嚨，輕輕吐出男人的「名字」。

「鬣……鬣狗！」

第二夜

陷阱（中）

鬣狗？

杜軒看著站在眼前的夏司宇，不太明白這些人為什麼要用這種方式稱呼他，但在黑夜中，夏司宇的表情看起來格外嚇人。

看樣子，他不是很喜歡這個稱呼。

夏司宇舉起手槍，對準杜軒面前的男人們，扣下扳機。

五個人看到他的動作，立刻閃避，並與夏司宇拉開安全距離。

子彈打在地上，留下很深的彈痕，光用看的也能明白這並不是普通的子彈。

杜軒看了一眼地面的痕跡後，回過神，再次拉住身旁的人往夏司宇的方向跑過去。

夏司宇沒有分神看他，但在他們倆人掠過身邊之後，便拿出掛在腰間的手榴彈，用嘴叼開保險栓，往那五名死者的方向扔過去。

伴隨著金屬落地的脆響，三秒後手榴彈爆炸，杜軒立刻感受到背後傳來的強烈風壓以及高溫，他沒有轉頭看是什麼情況，但他知道，肯定很慘烈。

「你還真是幹了件華麗的事。」杜軒對著跑在身邊的夏司宇苦笑，「不過幸好有你在，你回頭找我的速度還真快。」

夏司宇看了他一眼，當他發現杜軒拉著的另外一名活人是誰之後，有些意外。

才剛張開嘴想問清楚，忽然身後感受到強烈的寒意，這種感覺他很熟悉——

伴隨著槍響聲，夏司宇立刻衝上去把兩人往旁邊推倒，正巧有塊隆起的柏油路面能夠做為盾牌，讓他們躲藏。

因為太過臨時，杜軒有些擦傷，就連被他抓著跑的活人也在低聲喊疼。

杜軒知道夏司宇不是想攻擊他們，但另外一個人可不這麼想。

「嗚啊啊啊！你、你想幹嘛？」

也許是來到這裡之後遇到太多危險，混亂不安的心情讓人判斷力下降，加上對他來說夏司宇是拿著槍跟手榴彈的危險人物，不可能不害怕。

杜軒不管這個人是不是畏懼夏司宇，伸手摀住他的嘴，接著和夏司宇對上視線。

即便他們之間沒有交談，杜軒也能看出他想做什麼，這時他才發現，夏司宇原本揹在身後、裝滿武器的背包，不知道跑去哪裡。

是為了找他所以拋棄多餘的重量嗎？

正在思考這件事的杜軒，思緒很快就被不遠處傳來的吶喊聲打斷。

「媽的！給老子滾出來！」

從聲音的方向來判斷，應該是剛才那五個男人之一。

手榴彈果然沒有辦法殺死這些死者，既然能進入「內部」，就表示他們就算再愚蠢，也是有實力的。

五打一，不好對付，更何況夏司宇還帶著兩個拖油瓶。

若他真想幫忙，就只能想辦法把自己藏好，別被死者找到。

要這樣做的話，首先——得先讓這個情緒不穩定的活人閉上嘴。

「你去吧，我不會有事。」

他對夏司宇說完後，夏司宇便拿著槍衝出去。

黑夜雖然多少能夠遮掩他的行蹤，但，這五名死者早就已經鎖定他們逃離的方向，一看見有影子快速跑出來，立刻衝上前。

三人往前近距離攻擊夏司宇，並把他圍在正中央，不給他任何逃走或躲藏的空間，另外兩人則是在外圍舉槍瞄準，抓住空檔射擊。

夏司宇一手握槍，一手反握軍刀，迴避那些朝他砸過來的拳頭，同時用刀面做為盾牌，擋掉射向自己的子彈。

明明視線不佳，戰鬥也很混亂，根本不可能有辦法分心去判斷子彈的方位，甚至還能穩穩地用面積不大的刀面擋住，這怎麼想都不是普通人能做得到的事。

不過，五名死者仍沒有因此打退堂鼓。

他們人數多，就算夏司宇真如傳聞中那樣強大可怕，也不可能同時對付他們。

憑藉這點差距，五人下手都沒在客氣。

他們拿出短刀跟鐵棒，雖說武器看上去跟小混混差不多，但仍有奪命的能力。

夏司宇站在中央，眼神掃過包圍自己的三個人，稍稍壓低肩膀幾公分，擺出準備進攻的架勢。

三人根本沒放在眼裡，認為他不過是虛張聲勢，畢竟他們剛才連續進攻這麼久，夏司宇都只有在防禦而已，根本沒攻擊。

他們各自拿著武器攻過來，很快，他們就發現自己的決定是錯的。

夏司宇以比剛才快兩倍的速度逼近，這次三人連準備的時間都沒有，人就已經出現在眼前。

從這三個人的連續進攻中，夏司宇已經看出他們的攻集習慣和方式，立刻判斷強弱順序，先從比較容易的下手。

也就是最先被他逼近，手持短刀的男人。

他用軍刀刺穿對方的手腕，沒等他哀嚎，直接往他的太陽穴開槍。

第一個人倒地。

大量鮮血染紅龜裂的大地，隨即耳邊傳來大量槍聲，二話不說直接對著夏司宇瘋狂掃射。

看來遠處的槍手換了槍，剛才使用的是單發射擊的槍種，這次則換成了能連續射擊的步槍，而另外兩名負責近戰的男人也趁這個機會拉開距離。

夏司宇當然沒給對方機會，他還沒有愚蠢到這個地步。

他閃過子彈掃射的位置，再次逼近想要撤退的人，而這個人正是他再來要解決掉的目標，手持鐵棍的男人。

對方眼看夏司宇不知道用什麼方式從掃射的子彈中逃脫，並朝自己衝過來，嚇得在他逼近的同時舉起鐵棍，狠狠向下打擊。

重物撞擊的聲響，沉重且冰冷。

男人眼睜睜看著夏司宇單手舉起槍，將槍橫放在眼前，穩穩擋住他用雙手力量揮出的鐵棍。

他全身顫抖，而夏司宇卻連眉頭也沒皺。

還沒來得及回神，夏司宇已經將反握的軍刀轉正，從對方的脖子插下去。

第二人倒地。

短短不到幾分鐘，兩個同伴就這樣被殺死，雖說死者不會真的死亡，但受到重要傷害後仍需要時間自我復原，肢體傷勢都好講，但頭部的傷，最花時間。

「媽的！鬣……」

判斷出自己逃不了的第三人，從槍套裡抽出手槍，可是當他剛舉起來準備瞄準的時候，夏司宇由下方鑽入他的腹部，直接用刀柄狠狠重擊最毫無防備的肚子部位。

「嗚呃！」

一聲悶哼，握槍的手失去力量。

他的身體還來不及癱軟，下巴就被冰冷的槍口貼住。

碰。

子彈由下而上貫穿，男人倒地，只剩下雙腿在抽搐。

在後方負責開槍輔助的兩名同夥看傻了眼，他們交換眼神，二話不說轉身逃跑。

即便死者不畏懼死亡，但不代表他們不會因為受傷而感到痛苦，從夏司宇的行為來看，就是打算讓他們動彈不得，所以才都選擇攻擊頭部以上。

「媽的！跟這種怪物打，幾條命都不夠用！」

「這條瘋狗！」

夏司宇看著兩人跑遠，並沒有追過去的打算。

他將刀和槍收好後，回到杜軒躲藏的地方。

起先杜軒看到有人探頭看著自己，有點被嚇到，直到確定那個人是夏司宇才安心地鬆口氣。

他剛才除了叫囂聲和槍聲之外，沒聽見什麼，而且夏司宇也沒說話，這讓他很擔心，幸好夏司宇安然無恙地回到他身邊。

別說槍傷，連點擦傷都沒有，很難想像他一個人是怎麼對付五名死者的。

「這裡看上去很安全，你在這裡等我一下。」

才剛回來沒幾秒鐘，夏司宇又走掉，連給杜軒回答的時間也沒有。

沒辦法，他只好乖乖等他回來。

大約過去十多分鐘後，夏司宇總算回來了。

當杜軒看到他拿著的東西後，才終於明白夏司宇究竟為什麼急著離開。

「你居然還能把包找回來？」

「那些人急著逃命，沒人會去撿它的。」

確實沒錯。

終於能夠鬆口氣，杜軒感到有些脫力，此時他早就忘了身旁還有個人在。

直到兩人交談完畢，這個被徹底遺忘的男人才戰戰兢兢地開口。

「你……你們到底是……」

「啊，差點忘記。」杜軒轉頭對他說：「我們是夥伴。」

「夥、夥伴？」

或許是因為跟這麼恐怖的男人成為同伴，很難讓人信服，所以對方會產生懷疑也是無可厚非的。

杜軒拍拍衣服上的灰塵後起身，「謝謝你剛才拉我一把，我得走了。」

雖說把人扔在這裡，肯定活不了多長時間，但他沒時間見一個保護一個。

再者，他自己也不是什麼軟心腸的老好人，連自己的命都顧不了，怎麼保護別人？他可不是那種不自量力的傻瓜。

夏司宇看著杜軒，不由自主地歪頭指著坐在地上發抖的人，問道：「你真要把他丟下不管?」

「你該不會是想救我之外的活人吧?」

杜軒有些吃味,但更不希望的是夏司宇分心在其他人身上。

如果夏司宇沒辦法百分之百專注保護他,就會提高他的死亡機率,在這種如同地獄般的空間裡,他連一趴機會都不想讓給別人。

但他看著夏司宇的眼神,就好像看到他默默在罵他笨蛋一樣,讓他更不爽了。

「你幹嘛用那種眼神看我?」

「……不,我想說你前兩次都拚命救了他不是嗎?現在卻突然不管,怎麼想也覺得奇怪。」

「前兩次?」杜軒雙手環胸,一臉困惑,「你在說什麼?我才沒有那種餘裕去救人——哇!」

夏司宇突然捧著他的臉頰,強行將他的頭扭向後方,直勾勾盯著那個活人看。

杜軒差點以為自己的頭會被他扭下來,原本想出聲咒罵,卻透過那微乎其微、少量照下來的月光,第一次看清楚這個人的模樣。

當他發現對方是誰之後,驚訝到下巴差點掉下來。

「你、你……梁宥時?」

驚訝過度的他,最終只能吐出對方的名字。

在他說出口之後，對方露出比他還吃驚的表情，不停眨眼。

「你怎麼會知道我的名字？我們以前見過？」

杜軒怎麼樣也沒想到，自己居然又跟梁宥時碰面。

他已經不能再把這件事視為巧合，因為這完全全就是刻意所為。

但，他怎麼會在這？而且看這反應，難道說他「又」失去記憶？

梁宥時的失憶、重覆相遇的過程——看樣子，他們之間存在某種關聯性，所以才會不斷碰面，只不過每次遇到的梁宥時，就像是大腦被人重整過一樣，完全沒有關於「遊戲」的印象。

他確實讓梁宥時活下來了沒錯，但看樣子，他需要的不僅只有如此。

「他又不記得你了嗎？」

夏司宇冷冷地說，他很快就從杜軒的反應看出情況。

杜軒大口嘆氣，「絕對是有人在搞鬼，我想大概跟那個想要殺我的『聲音』有關。」

「現在沒辦法找這方面的線索，而且現在還有其他事情得做。」

夏司宇摸著下巴認真思考，看起來他並不打算拋棄梁宥時。

杜軒能明白他為什麼會這麼做，如果說能找出梁宥時每次見面都失去記憶的原因，或許能找出一些他被盯上的理由。

他不相信，在這個地方發生的事情，全都能用「巧合」來解釋。

「沒辦法了。」杜軒轉頭對不斷顫抖的梁宥時伸出手，「跟我們走吧。」

梁宥時看上去還有些遲疑，不過最後他還是握住了杜軒的手。

就像是知道杜軒不會傷害他一樣，梁宥時打從見到他的第一眼開始，就對杜軒產生好感，所以他才會拚命保護倒地的他。

從結果來看，他的選擇是正確的。

這個人，果然會保護他。

「別回頭看，往前走。」

夏司宇認真囑咐，就是不想讓他們這種普通人見到那些倒地的死者。

雖說沒死，離恢復還需要一段時間，但傷口巒觸目驚心的，他怕杜軒跟梁宥時看完後不是大叫就是昏倒。

不過，杜軒現在已經很習慣的樣子，或許沒那麼脆弱。

「知道，我也不想去看你剛才幹了些什麼。」

杜軒覺得夏司宇很嘮叨，但還是乖乖聽話。

三人緩步離開，小心翼翼走向坍塌的馬路盡頭，直到重新爬回地面。

此時周圍已經見不到剛才那群逃跑的活人，就連死者的氣息也沒有，看來應該距離活人被大量轉移來的地點有段距離。

雖說這樣對他們來講很安全沒錯，可是位置已經完全偏離他們原本要去的武器庫方向，現在要過去的話，得花上更多時間才行，更不用說還多了個梁宥時。

杜軒和夏司宇討論後，做出無奈的決定。

「看樣子得『暫時』回之前那間屋子。」

「畢竟那裡本來就安排蠻多安全措施，也有遇到危險後能藏匿的地點，以藏人來說，那裡是最好的選擇。」

杜軒說完後，轉頭看著夏司宇。

夏司宇臉色鐵青，一看就知道他嫌麻煩，不是很想這樣做。

看到他礙於現況不得不妥協的困擾表情，杜軒竟然覺得挺有趣的，以前他不明白惹人生氣有什麼好玩的，現在倒是能切身體會。

「我們也需要喘口氣，就當回去充個電吧。」

「哼……也只能這樣了。」

杜軒無奈聳肩。

要哄這個臭臉大狗狗，還真不容易。

「我沒辦法跟你解釋清楚現在發生的一切，但我能夠確保你的安全。」

回到之前他跟夏司宇暫住的房子後，杜軒立刻就對梁宥時說明這點。

他們沒有時間，也沒有心力去照顧梁宥時，而他能做到的，僅僅只有確保梁宥時不會被其他死者獵殺。

「只要你乖乖聽我的指令，就不會有事，如果你同意的話就點頭。」

梁宥時愣了半秒，匆忙點頭。

杜軒就像是知道他還沒反應過來，所以開不了口一樣，溫柔地只要求他用動作來回答。

對梁宥時來說，來到這種可怕的地方確實令他感到不安，他剛轉移過來就遇到一群同樣和他不知所措的人，還沒來得及思考，就被瘋子追殺。

不知道是幸還是不幸，他在混亂中遇見倒地的杜軒，老實說他沒有勇氣去幫助其他人，但在看到杜軒的瞬間，比起大腦，身體先動了起來。

明明和杜軒是初次見面，為什麼他會產生不能讓杜軒死去的念頭？

「喂！」

杜軒一聲大吼，喚回正在盯著自己手掌心的梁宥時的注意力。

他慢半拍地抬起頭，看著杜軒雙手抱胸，不耐煩的表情，苦笑道歉。

「對、對不起，我還有點……」

杜軒並沒有責怪他的意思，只是他希望能夠讓梁宥時早點進入狀況，但從他現在無法專心的態度來看，難度很高。

也是，怎麼可能才剛進入遊戲空間就接受現況，想想他第一次進來的時候也沒有這麼快反應過來，是他因為焦躁而開始著急了嗎？

放完包包後的夏司宇回到一樓客廳，發現兩人之間的氣氛有些尷尬，便伸手搭在杜軒的肩上。

「你們先休息，其他事明天再說。」

「哈……看來也只能這樣。」

杜軒頭痛萬分地扶額，轉過身，朝梁宥時勾勾手指。

梁宥時抬起頭，一臉狐疑，但在和夏司宇對上眼的同時，又被他冷冽的態度嚇到直發抖。

「來二樓，我帶你去房間。」

「謝謝。」

梁宥時很緊張地從夏司宇的身旁繞過去，連看也不敢看他一眼，緊緊跟在杜軒身後，但他很快就發現夏司宇沒打算放他們兩人獨處，在他踏上樓梯後也跟過來。

他感覺自己的後背已經完全被汗水浸濕。

「你睡這間，我們在隔壁，有什麼事就敲牆壁。」

杜軒把自己的房間讓給梁宥時，他知道梁宥時臉色很難看的原因，不單單只是因為混亂的關係，還有夏司宇。

從他對夏司宇小心翼翼的態度，不難判斷出來。

「有什麼話明天再說，今天你就先好好休息。床頭櫃有時鐘，這裡一直都是黑夜所以沒辦法判斷時間，你就以它顯示的時間為準就好。」

「好……我知道了。」

梁宥時有氣無力地回答後，關上房門。

杜軒嘆口氣，搔搔頭髮，指著隔壁房間說道：「我們聊聊。」

他帶著夏司宇回房間，雖說同居這段期間，他來過很多次，但每次進來都還是會被他滿屋子的武器嚇到，尤其是那張擺滿拆卸後槍枝的床。

床是用來睡覺的，不是讓他用來清潔武器的桌子。

「你的房間還是老樣子。」

夏司宇看了他一眼，再看看自己的床，大步走過去。

他用最快速度，利落地將散落在床上的零件重新組裝回去，手速快到讓人完全不明白他是怎麼做到的。

「你要談那傢伙的事嗎？」

「不，梁宥時的問題我會自己看著辦，反倒是你應該對他很有疑問吧？」

「嗯……雖然我感覺不出他有危險，但像他那樣子是『正常』的嗎？」

「我也是屬於『不正常』的那一邊，所以他的情況也沒什麼奇怪的。」

聽見杜軒這樣說，夏司宇也只是沉默。

杜軒就當他是認同了自己的說法。

他繼續說道：「明天我們還是出發去找你說的武器庫，梁宥時就讓他待在這，我會把安全的地方告訴他，只要他聽話應該就不會有問題。」

「你總是保護他，是因為他救了你？」

「第一次是因為我覺得自己能夠讓他活下來，第二次則是對他再次出現的情況感到困惑，但這次……第三次就真的是因為他拉了我一把。」

「照這樣子來看，估計你之後轉移到其他區域去也都會遇到他。」

「哈哈……我也是這樣想。」

杜軒很苦惱，因為他真的不知道梁宥時是什麼情況。

之前在精神病院裡，根本沒有時間思考，現在倒是有辦法好好考慮這個問題。

「總覺得他跟我很像。」

夏司宇摸著下巴，「嗯，他跟你一樣，情況特殊。」

杜軒的情況是不斷重複進入這個遊戲空間，而梁宥時就像是被困在這裡一樣，即便逃出也沒有辦法離開，不但如此，每次更換場地後都像是記憶被刪除，根本不記得他。

不過，看上去也不是完全沒有「印象」。

第一次見到梁宥時的時候，他十分明確的表露出「恐懼」與對未知情況的「不安」，但第二次的時候這種感覺卻減少了一些，這次見面更是比以往都要來得冷靜。

這種感覺不像是沒有記憶，反而像是暫時性地遺忘。

腦海中的記憶並不全都是「深刻」的印象，就算想不起來也不代表不存在，即便本人沒有回想起來，身體仍會產生自然反應。

打個比方，就像是人因為強烈的刺激而失去記憶後，雖然不記得事情，卻能夠使用筷子吃飯，或是能夠準確指出便當盒裡的菜品。

如果說第一次遇見梁宥時的那次，是他初次被拉入遊戲世界，那麼當時的遭遇，自身的情況，以及對於整個遊戲空間的「設定」，他應該有一定的認知。

不過，梁宥時並不知道最重要的關鍵情報——死者的存在。

他並不是每次轉移後都會遇到梁宥時，而這段時間他也無法得知梁宥時去過什麼樣的地方，或許他們分開的時間裡，梁宥時經歷過其他遊戲也說不一定。

不過再怎麼說，他跟梁宥時的相遇機率有點高。

不斷重新回到遊戲空間的他，和無法離開遊戲空間的梁宥時，這種感覺就像是被人強制綁定在一起似的，杜軒並不喜歡。

「如果你要帶著我轉移的話，我想帶他一起走。」

「你想測試他是不是真的轉移後會失去記憶？」

夏司宇很快就猜出杜軒的想法，這讓杜軒輕鬆很多。

「是，不管怎麼說，這也算是個孽緣，既然甩不掉就乾脆帶著。」

「你還真是奇怪，要是我就不會這麼做。」夏司宇把槍枝放下後，坐在椅子上，並指示杜軒跟著坐下。

杜軒按照他的意思乖乖坐在他對面，接著他就看到夏司宇從包包裡拿出礦泉水，並遞給他。

這種行為已經成為習慣，夏司宇總是關心著他的身體狀況。

雖然在這裡並不需要「進食」，不過身體還是維持著吃東西的習慣。

不喝點水、嘴裡不嚼些什麼的話，就會感到奇怪。

相較之下夏司宇倒是沒有這種想法，也許這就是活人跟死者之間的差異。

「老實說，我覺得與其幫他或是保護他，不如讓他死一次看看。」

杜軒剛喝下一口水便僵住身體。

他提眼看著夏司宇的表情，知道他是認真的。

其實他也有想過這個方式，但風險太高所以才沒說出來，沒想到夏司宇居然跟他想得一樣。

「要是他死了就沒辦法測試其他可能性，這方法只能留在最後。」

一般人若是想要害死別人，根本不可能如此沉著冷靜，但杜軒的反應就像是不在乎梁宥時的命一樣，即便拋棄他也無所謂。

既然如此，為什麼還要費心保護他？

「我看不出他有多大價值。」

「就像你剛才說的，他跟我很像，他無法離開遊戲的情況跟我一直不斷重複進入遊戲的情況很類似，所以我想靠他找出阻止的辦法。」

「……所以你才想把『死亡』留到最後。」

「再怎麼樣我也不想因為這種事去送死。」

「我知道了。」夏司宇向後靠在椅背上，翹起二郎腿，眉頭緊蹙，「那麼就先把這傢伙的事情放一邊，一件件慢慢來。」

「嗯，明天我們去找武器庫，按照你原本的計劃就行，多花幾點時間也沒問題，但找到後就要回來接梁宥時。」

「可以，反正這裡應該暫時是安全的。」夏司宇揪眼盯著窗外，「不過……剛才那種情況我還是第一次見到，感覺有點奇怪。」

「呵。」杜軒忍不住輕笑，「確實，那種感覺就像是往住滿錦鯉的池子裡灑飼料一樣。」

夏司宇歪頭，無法理解杜軒形容的意思。

「你講的話有時候很難懂。」

「大概是國籍的差異。」

夏司宇怎麼看都不像是跟他同個國家出身的人，自然不會明白他的意思，搞不好連錦鯉都沒見過，也難怪他會聽不懂。

「總之，這種情況表示有人為操縱的可能。」

「和把你轉移到這裡來的，是同個人？」

「……可能性很大。」

「不止是『內部』，任何狩獵場都沒見過這種情況，而且還會提前在武器庫預告，感覺這裡和我的認知越來越不同。」

「嗯，我同意。所以我想大概是有什麼嚴重的原因，才會產生這麼大的變化。」

「原因……」夏司宇喃喃唸道，並抬起眼盯著杜軒看。

杜軒嚇一跳，冷汗直冒。

其實他也覺得可能跟自己有關，目的很簡單，就是想「殺死」他。

雖然不清楚對方的理由，但就現階段來講，是什麼原因已經不重要，重要的是結果，他可不想這麼不明不白地死掉，要不然前幾次拚命存活下來的自己，不就顯得又傻又愚蠢？

「果然怎麼想都覺得很像是陷阱。」

「你是指武器庫嗎？」

「啊啊，看來你跟我想的一樣。」

「既然如此你還是要去，對吧。」

「嗯，如果不知道原因的話，就只能主動踏進去了，只有這樣才能得到更多線索。」

「你膽子真的很大，一般人可不會做出這種決定。」

「我是一般人，你才不是好嗎？面對五名死者還能安然無恙的回來，就算你曾當過兵也不可能這麼強。」

「……你什麼時候開始好奇我的事了？」

夏司宇再次皺起眉頭，因為他聽出杜軒話中的意思。

雖說兩人住在一起好幾天，但杜軒從沒有打聽過他的情報，也不曾問過。

他們就像朋友般普通地來往，不過問彼此的私事已成為一種默契。

「『鬣狗』這稱號聽起來就不太友善，而且你的反應也很怪。」

夏司宇聽見杜軒說的理由後，先是大嘆一聲，接著扶額，看起來像是鬆口氣。

「原來你只是因為這樣才在意的嗎？」

「要不然你真當我對你有興趣？」

「……那是別人替我取的，你不用太在意。」

「但我看你不是很喜歡，看上去不像是『不在意』。」

夏司宇沉默幾秒後，再次嘆氣。

「你有時候真的很煩人。」

「有需要的話，我可以變得比現在更煩。」

「……我以前在隊裡的外號就是『鬣狗』，死者中有認識我的人，我跟那些人重逢時的情況不太友善，回過神來他們喊我的稱呼就被其他死者外流出去了。」

「你是把那些人都殺了？」

「差不多吧。」

「嗚哇，你真擅長累積仇恨。」

夏司宇立刻瞪過來，但杜軒完全不怕，反而笑得很開心。

不過當他越來越覺得氣氛不對勁之後，才發現自己鬧過頭，急忙起身。

「我去休息。」

夏司宇看著他腳底抹油，溜得飛快，也沒打算阻止，只是很煩惱地將臉埋入掌心。

今天真是個糟糕透頂的日子。

「等等。」夏司宇決定結束煩惱，不再去想，從包裡拿出醫藥盒，走向坐在床上的杜軒，「先把傷口處理好再睡。」

杜軒盤起腿，眨眨眼睛。

「一點擦傷而已，塗塗口水就好。」

「閉嘴，活人跟死者不同，復原能力不好。」

杜軒苦笑，「我這樣才是正常的復原速度，你那種是反常。」

在他抱怨完之後，馬上就發現夏司宇用可怕的表情瞪著自己，只能摸摸鼻子，閉上嘴巴，任由他處理自己的傷口。

看著夏司宇小心翼翼的模樣，杜軒也只能選擇接受好意。

雖然這個男人的表情總是冷冰冰，但杜軒很清楚，他的內心比誰都要溫暖。

第三夜

陷阱（下）

隔天一早，杜軒到梁宥時的房間裡把人叫醒後，拉著他在屋內走一圈，把能夠躲藏和安排陷阱、警戒線等等的位置告訴他。

梁宥時雖然看上去還是有點沒睡醒的樣子，不過仍乖乖拿紙做筆記。好不容易終於聽完杜軒的嘮叨後，梁宥時又回到房間裡睡回籠覺，連他們兩個人出門的聲音也沒聽見。

杜軒不知道該說什麼才好，看樣子梁宥時是真的很信任他，也覺得這裡非常安全，要不然怎麼可能睡成這副德性。

果然梁宥時是有「記憶」的，否則怎麼可能會這麼容易接受他說的話，又或者感到安心。

雖說沒能搞清楚原因，但梁宥時的情況跟他猜得差不多。

「好了？」

「嗯，我們走。」

夏司宇走在前面，對於梁宥時的事情，半句都沒提，看樣子他是真的不在意梁宥時的死活。

雖說杜軒也覺得自己僅僅只能做到這個地步，如果梁宥時不接受他的好意，自作主張的話，那麼他也愛莫能助。

「要是回來之後那傢伙跑了怎麼辦？」

「那就讓他自生自滅。」

「既然你有這種想法，為什麼還要浪費時間幫他？」

「……你的問題還真多，是不是忌妒我對梁宥時好？」

夏司宇皺緊眉頭，對於杜軒說的話很不滿意。

什麼時候隨口問問變成了忌妒？他才不會在意梁宥時有沒有受到杜軒的「特別照顧」。

他將頭扭回去，不再開口，一路上也沒有再問起梁宥時的事，只是專注地觀察指南針，確保周圍狀況安全。

明明昨天還那樣混亂，如今卻成為空無一人的廢棄小鎮，就連崩塌的路面也已經修復，就像從沒被人破壞過。

死者與活人的密集度突然增加，照道理來講不會這麼快就恢復平靜，但事實就是事實，昨天大量出現活人的地區，如今卻連半個人影都見不到。

這對兩人來說是好事沒錯，可心裡還是覺得有點古怪。

「人都跑去哪了？」

杜軒左顧右盼，就怕突然從房子後面跳出陌生人。

「獵殺完之後死者通常不會逗留，大概是去哪裡喝酒了吧。」

「欸，你們還有那種地方可以去？」

「死者可不是一直都在追殺你們。」夏司宇朝杜軒翻了個白眼，像是在暗指他說的話很愚蠢。

杜軒摳摳臉頰，有些尷尬。

「這樣的話就表示，這附近暫時是安全的？」

「如果沒有怪物出現的話。」

「啊，這麼說起來，昨天那麼大動靜卻沒見到怪物出現，好奇怪。」

會追在活人靈魂身後的，除了死者之外就是那些危險、可怕的怪物，明明平常偶而會遇到怪物，但像昨天那麼大的騷動，怎麼可能不會把怪物吸引過來？

怪物不會攻擊死者，死者也不會沒事去殺害怪物，所以不可能是死者去減少怪物的數量，那麼是因為昨天的大量傳送？

和夏司宇同行的路上，杜軒的腦袋裡面一直在想這些事，但就是沒能釐清頭緒。最後他只能放棄，就當作怪物們都跑去過冬或是剛好不在這附近，要不然他的腦袋真的會因為思考過量而爆炸。

在指南針的引導下，兩人很快就來到固定出現的武器庫位置，不過狀況不太樂觀，因為附近有不少死者。

「嗚哇，糟糕到極點。」

「嘖，早知道昨天就丟下那傢伙，直接過來。」

夏司宇口中的「那傢伙」，百分之百就是在指梁宥時。

他說得沒錯，昨天他們本來就是打算趁混亂過去武器庫，不但安全，他也能順便進去裡面看看，但計畫趕不上變化，誰知道會突然發生那些事。

「他們是來補給的吧。」

「不，大多數是來炫耀的。」夏司宇的臉很臭，看樣子他很不喜歡這種場合，「哈——沒辦法，你找個地方躲起來，我自己去。」

「早知道我就不跟過來了。」

杜軒有種自己白跑一趟的感覺。

夏司宇盯著他，不知道為什麼突然伸手撥亂他的頭髮，接著起身。

杜軒蹲在原地，用雙手蓋住亂糟糟的頭髮，眨眨眼睛。

有的時候他真的不知道夏司宇到底在想些什麼。

他蹲在原地，看著夏司宇獨自走進武器庫，無聊沒事做的他只能隨性觀察周圍的死者。

這麼做很有趣，除了他之外大概沒別的活人敢做這種事，估計就連死者們也沒想到自己有天會淪為活人的觀察對象。

就像夏司宇說的，這裡的死者大部分都有自己的小團體，而且彼此之間的關係很糟糕，光是擦肩而過就會起口角。

「媽的！你是不是撞我肩膀！」

「誰碰你啊！別隨便亂給人扣帽！」

「哈啊？你以為你在跟誰說話，還不給老子道歉！」

「道個屁歉！碰你我還嫌髒！」

如此沒水準的對話內容，一直不斷發生，通常在幾句話之後，這些死者們就會擅自打起來，不過通常都是鬧事的兩個人被圍在中間互賞拳頭，其他人則是會在旁邊拍手叫好，火上加油。

這裡的死者一個個都是肌肉腦袋，是沒辦法好好溝通的笨蛋。

因為打鬥畫面有些血腥，所以杜軒很快就會轉移視線，繼續觀察下一組。

就在他無聊到開始產生抱怨心態的時候，熟悉的人影映入眼簾。

「這個軍火庫裡的東西好爛，還不如我們之前遇到的那個。」

「不過它還挺方便的，有總比沒有好。」

「你就是太好說話，才會老是吃虧。」

「我只是不喜歡像你這樣有事沒事抱怨。」

橘髮男和比他高一顆頭的壯碩男人吵起來，兩人互瞪彼此，眼裡像是能擦出火花，隨時都會打起來似的。

杜軒對那個橘頭髮的男人有印象，所以立刻就認出這群人的身分。

是在之前的武器庫外看見的軍人團體，他記得夏司宇說過，那個向他搭話的男人叫做──

「蘇亞！這裡！」

杜軒下意識抖了一下身體，因為這個名字而產生巨大的反應，老實說有點丟臉。都怪他剛好想到的名字，突然被別人喊出來，巧到讓他心裡瞬間涼一半。

他抬起頭，看著喊出名字的人朝後方揮手，接著就看見那個叫做蘇亞的男人走過來和同伴們會合。

「怎麼只剩你們幾個？其他人還沒出來？」

「他們沒興趣，所以先回據點了。」

「凱跟賽門怎麼又吵起來？」

「啊啊，老樣子老樣子，別去管他們。」

蘇亞笑著走過去，高舉雙臂，從背後直接壓住正在爭執的兩人，就這樣順勢掐住他們的脖子。

「回去了。」

蘇亞雖然在笑，但卻笑得很冷漠，橘髮男和那個壯漢嚇得臉色鐵青，急忙點頭。

「我走我走！快沒氣了！」

「蘇亞！你這樣笑真的很可怕！」

兩人被嚇得不輕，看樣子是真的很怕這個叫做蘇亞的男人。

因為距離並不遠，加上周圍很安靜，所以大部分的對話內容，杜軒都能聽得見。

夏司宇提醒過這些人是很危險的軍人集團，不過這樣看上去好像挺普通的。

當他想著無聊的事情時，武器庫的方向突然傳來聲響。

這個聲音很奇怪，就像是玩遊戲機中獎後的音樂，跟這個地方非常不搭。

不過這四個人在聽見聲音後，突然很感興趣地調頭。

「是下個轉移地點的通知！」

「哇！這次還真快，不用怕閒著沒事幹了！」

剛剛還在抱怨的橘髮男和壯男，衝得比任何人都快，一下子就不見人影，相較之下，被丟在後面的蘇亞和另外一名同伴的臉色倒是不太好看。

「蘇亞，你不覺得有點奇怪？」

「……光是困在這裡的時間長到不可思議就已經讓人懷疑了，還有這個固定存在的武器庫，也是和之前的情況完全不同，原本以為可以在這裡找到什麼線索，但這陣子觀察下來，它也不過是個普通的武器庫。」

「我總覺得自己很像是被人豢養起來的家畜。」

「意思是那些活人的靈魂是餵食我們的飼料嗎？」蘇亞摸著下巴，眼神十分可怕，「呵，不爽的是我也有同樣的感覺。」

沒想到他的想法竟然跟這兩個死者一樣，連死者都開始懷疑，就表示事情真的不太對勁，不過這兩個人看上去還挺冷靜的。

剛萌生這個念頭的杜軒，突然感覺到地面開始上下抖動。

一樣的地震！甚至比昨天的還大！

杜軒四肢趴地，穩住自己的身體，沒辦法抬頭的他只聽見許多人慌張的聲音，沒過多久，就有人突然大喊：「要塌了！快跑！」

隨著這聲吼叫，接著是物體崩塌的巨響，就像是建築物倒下來一樣——

當杜軒的內心突然產生這個念頭的瞬間，旁邊吹來一陣風塵，將他的身體淹沒。

杜軒整個人窩在地上，用手臂和地面遮住口鼻，勉強擋掉揚起的塵埃。

地震停止，四周圍恢復安靜，杜軒也總算能夠撐起身體。

「咳！咳咳咳！」

空氣中的粉塵害他不斷咳嗽，但他仍努力把髒兮兮的臉抬起來。

眼前一片白茫茫，不過勉強能夠看見有幾個人影在晃動。

而在粉塵終於散開來之後，杜軒驚訝地瞪大雙眼，不敢置信看著坍塌的武器庫，說不出話。

「夏……夏司宇？」

他知道死者不會真正「死亡」，但是想到夏司宇被壓在水泥塊之下，不知道傷得多重的瞬間，他的心臟跳得飛快，額頭也不斷冒汗。

——該死，完蛋了！

他不可能衝過去救人，失去夏司宇的他也不可能在這種滿是死者的地區活下去，這次是真的陷入絕境！

早知道他就該跟夏司宇一起進去，又或者他昨天不該選擇先帶梁宥時回去。

一個錯誤的決定，導致現在的後果。

而這，都是他的錯！

「咳咳、咳咳咳，武器庫倒了？真假？」

旁邊傳來別人的說話聲，將杜軒的思緒拉回來。

他立刻壓低身軀，躲藏起來，雖說不知道是誰，但從聲音聽起來，應該是蘇亞和他的同伴。

「喂，蘇亞，怎麼辦？那兩個傻瓜不是進去了嗎？」

「沒辦法，得去把他們挖出來。」

「真是沒事找事。」

對方似乎不太願意的樣子，但是卻無法不聽蘇亞的話。

杜軒聽兩人走遠後，才探出頭查看情況。

其他死者對於武器庫倒塌似乎沒有什麼太大的反應，也沒有要去幫忙壓在裡面的人，各走各的，很快這附近的死者就已經散去不少。

杜軒確認周圍沒有聲音後，才小心翼翼地走出來。

不關心他人死活的死者，真的令人感到害怕，比那些怪物還要像「怪物」。

他很擔心夏司宇的情況，於是便拿出連絡用的對講機，打算確認他的安危，但是卻一直沒有得到回應。

對講機裡傳出的沙沙聲，讓他的心沉到海底。

夏司宇該不會真的回不來了吧？

「……不行，不能再等。」

杜軒鼓起勇氣，接近倒塌的武器庫。

就算是用拖的，他也要把夏司宇從這裡面帶出來！

坍塌後的建築內部，滿是粉塵，光是呼吸都讓人覺得痛苦，彷彿肺部都要被這些粉塵塞滿。

清醒過來的夏司宇，睜開眼看到的不是天花板，而是倒塌的刀具櫃。

一把軍刀就這樣懸空在他鼻尖晃來晃去，只差短短幾公分距離就要插在他的臉上，這種時候他也只能慶幸自己沒被毀容。

他試著挪動身體，從櫃子底下爬出來，幸好他夠幸運，倒在兩個櫃子中間，這裡型成的三角空間正好完美保護了他。

除擦傷之外沒有其他問題，這種程度的傷口，幾分鐘就能好起來。

他看著腿上的擦傷，想起了杜軒。

「……他一個人在外面，我得趕快出去。」

這附近都是死者，沒有他的保護，杜軒絕對沒辦法活著離開。

不過，為什麼這裡會突然倒塌？他從沒聽說過武器庫會出這種狀況。

他起身後發現武器庫內部其實沒有毀損得太嚴重，除東西變得亂七八糟之外，牆壁基本都是完好的，比較麻煩的是出入口被堵住。

武器庫的內部構造都不太一樣，而困住他們的這個，位置則是在地底下，所以就算上面崩塌也不會影響到地下的空間，只不過杜軒不知道這件事，現在他一個人在外面，肯定很著急。

「這也太奇怪了吧？剛要公佈下個轉移點的情報，就突然有地震，還把出入口給堵住，分明就是想把我們困在裡面。」

「地震是自然現象，又不是人為的。」

「但是這個地方本來就是『人為控制』的不是嗎？」

「就算是這樣，困住我們也沒好處，『那個人』不會做這種沒意義的事。」

夏司宇知道他們口中的「那個人」，就是給他們這群死者下達指示、主導這場獵殺遊戲的主使者，雖然沒親眼見過，但大家都知道這個人是確實存在的。

「總之先想辦法出去吧。」

「你要怎麼做？」

「這裡不是有一堆武器？把封住的出入口炸開不就好了？」

夏司宇聽著這兩個人的交談，其實和他們有同樣想法的人也有不少。

於是其他死者很快就開始找尋能夠使用的武器，他也低著頭從石頭堆裡翻找。

他已經認出剛才說話的那兩個人，是蘇亞的同伴，也就是說蘇亞他們很有可能就在外面，要是讓他們遇到杜軒的話就糟糕了，杜軒百分之百逃不掉。

想著要先提醒杜軒，並告訴他自己沒事，結果卻發現他的對講機不知道什麼時候被撞壞，完全無法使用。

看著毀損的對講機，夏司宇長聲嘆息，隨手將它扔掉。

沒辦法了，只好希望杜軒能老實點，先躲起來要不然就是回屋子去，不要在這附近逗留。

不過，回去的路有點遠，他一個人的話不知道能不能平安無事。

光開始想像所有可能性，夏司宇的頭就痛到快炸裂。

他伸手摸摸額頭，發現有點濕濕的，拿下看著手指上的鮮血後才發現原來自己頭部有傷。

看樣子他不是因為思考過度而頭痛，是因為傷口的關係。

「希望那傢伙不要勉強自己。」

夏司宇繼續找東西，對於頭部的傷一點興趣也沒有。

同個時間點，杜軒已經站在倒塌的武器庫外圍，他是在確認附近沒有死者的前提下走出來的，所以沒有安全上的疑慮，但也能完全確定不會有人走過來，萬一被發現的話，他就真的死定了。

除蘇亞之外，還有幾團死者留下來，看樣子死者也並非都會丟下同伴不管。他現在站的位置是在建築物後方，大多數的死者則是聚集在出入口的位置，害他沒辦法靠近。

武器庫只有一個出入口，所以大部分的死者才會待在那裡，從敲打水泥塊的聲音來判斷，他們已經開始想辦法清除。

坍塌的建築物是很脆弱的，稍有不慎就很有可能會造成二次坍塌，所以必須要一邊觀察構造一邊清出逃脫路線，只可惜這些死者似乎沒有這個觀念。

很快他就聽見前面傳來死者們不耐煩的碎唸，以及水泥塊再次掉落的聲響。

「該死！也太難挖了吧！」

「反正只要能清出一個洞就好，繼續！」

杜軒不太明白為什麼他們會說那種話，而且聽起來似乎很篤定裡面的人還活著。

這種情況，只有一種可能性，那就是武器庫是在地下，上層不過是出入口而已。

如果是這樣的話，就不難理解，同時也讓他稍微放心。

若其他死者能好端端地從裡面走出來，那麼就代表夏司宇應該也沒事，不過他還是想親自確認夏司宇的狀況。

杜軒躲起來偷偷觀察清理出入口的死者們，但當中並沒有看見蘇亞的身影，他找了找，很快就在後方發現他跟同伴。

才剛確認蘇亞的位置，杜軒就聽見沉重地步伐聲從遠方慢慢逼近，甚至還有建築物被破壞的聲音。

他立刻察覺到那是「怪物」，趕緊蹲下來，利用陰影掩蓋自己的身體。

怪物和死者一起出現的話，對他來說超級不妙啊！

不行，他真的不能待在這裡——

當他開始考慮撤退到安全地點去的時候，忽然聽見死者大叫的聲音。

「媽的！搞什麼？」

「這傢伙為什麼攻擊我們！」

他抬起頭，悄悄探出去看。

慢慢出現在馬路上的身影，是像捕蠅草一樣的怪物群，牠們相當巨大，高度超過電線桿，在黑夜中搖晃著身軀。

捕蠅草怪物揮舞著強而有力的樹藤，微微張開的嘴，散發出紫色的氣體，接觸到的地方全都瞬間融化，就像是被強酸腐蝕，而那些樹藤就像有著肌肉的手臂，甚至能在上面看見植物不該有的青筋。

一隻……兩隻……

杜軒看著牠們越走越近，用那些肥大的樹藤揮打死者們，默默計算牠們的數量。七隻。

這詭譎的植物怪物居然有七隻。

不僅如此，在他剛算完這邊的怪物數量後，遠方突然有砲擊打過來。圓滾滾的巨大球體以直線衝刺方式打入地面，將死者所在的地方砸爛，子彈在接觸地面後炸開，殘留在地面的痕跡，就像是水果一樣，帶著甜膩的味道，以及黏稠的碎肉。

只不過這些並不是果肉，而是流著鮮血的生肉，就像是把活生生的人或動物壓縮成球體後射過來一樣。

所有死者都像是初次遇到這種情況，很多人果斷放棄幫助壓在水泥塊底下的同伴，迅速撤退，最後只留下蘇亞和另外兩組死者團體。

他們各自掏出步槍，看起來訓練有素，很習慣使用槍枝的樣子。

無論是抽槍的速度或是反應、姿勢，全都不像是從沒接觸過。

原以為這些人只是想壯膽，沒想到他們居然衝上去獵殺怪物，先用子彈把樹藤打碎，再快速接近捕蠅草的下方位置，將叼在嘴裡的手榴彈拔開後，扔在根部的位置。

幾秒後，手榴彈爆炸，捕蠅草也炸成碎片。

看來這些怪物雖然很危險，但再怎麼說都還是「植物」，很好破壞。

這幾個死者能夠用最短速度做出判斷並反擊，冷靜到令人欽佩。

杜軒看著眼前這場混戰，覺得自己在這裡太危險，於是他往出入口的方向看過去。

雖說那些死者已經稍微清除一些水泥塊，不過清除的不夠多，所以洞口還很小，不足以讓裡面的人出來，但他本來就不大隻，那個大小他應該能夠強行鑽進去。

比起外面，他覺得裡面比較安全，只是這個決定很魯莽，也是個賭注。

他決定賭一把，相信自己的運氣，還有夏司宇沒那麼容易死掉。

現在外面的死者們注意力全都在怪物身上，是他的好機會！

杜軒深吸口氣，讓心情冷靜下來，接著看準時機，拔腿奔過去。

他躲過亂揮舞的樹藤，跌跌撞撞、好不容易來到洞口處，正當他打算彎腰爬進去的時候，突然感覺到有道銳利的目光盯著自己看，令他背脊發冷。

杜軒下意識轉過頭，不偏不倚和對方對上視線。

是蘇亞。

明明在和怪物戰鬥，但蘇亞不知道為什麼突然轉過來盯著他看。

蘇亞瞪大眼眸，看起來十分驚訝，他也嚇了一跳，但很快就恢復冷靜，把頭轉回去。

杜軒彎下腰，不顧旁邊尖銳的水泥塊，強行把自己的身體塞進去。

蘇亞呆呆看著杜軒的行為，直到發現有條樹藤正朝他的屁股掃過去，立刻舉起步槍掃射。

子彈將樹藤打碎，同時杜軒也順利鑽進漆黑的洞裡，不見蹤影。

看著他消失不見，蘇亞恍神了幾秒，隨即被怪物的吼叫聲拉回注意力。

「媽的，蘇亞！數量太多，這樣下去撐不了多久！」

同伴大聲向蘇亞吼，當蘇亞再次抬起頭看著正前方時，愣在原地。

嘴角不由自主地上揚，聲音也開始顫抖。

「……哈！事情變得有趣了。」

眼前的街道上，不僅僅只有那些難纏的捕蠅草，還出現更多植物怪物。

牠們攀爬在路面、房子的屋頂，整個城鎮就像是被植物入侵，完全吞噬一樣。

「這可不是用火燒或是用子彈就能解決的問題。」蘇亞的同伴慢慢後退，看樣子已經失去持續反抗的意志。

蘇亞沒有阻止他，但也沒有退讓的意思。

他悄悄看了一眼後方的洞口，壓低音量對同伴說：「先撤退。」

「啊？撤退？這種情況最好是能夠——」

蘇亞沒等同伴把話說完，突然轉身朝洞口旁的水泥塊連續射擊。

洞口被強行擴大，但也搖搖欲墜，看起來相當不穩定。

他二話不說就往洞裡衝，用滑鏟的方式滑入洞內，而他的同伴見狀，也慢半拍跟著行動。

其他死者你看我我看你，最後選擇跟隨蘇亞行動。

留在現場的所有死者全都進入坍塌的建築物裡，同時，龜裂的洞口再次被掉落的水泥塊淹沒。

率先進入的杜軒，已經穿過樓梯來到下層的武器擺放空間，不過這裡沒有半個人，空蕩蕩地，反而顯得很詭異。

沒過多久，他聽見洞口被封住的聲音，明白自己沒辦法走回頭路，可是令他在意的是在那之前的槍聲。

他記得自己被蘇亞發現，所以對方才會開槍把洞口打爛，將他關在裡面？

不，應該不可能，這裡面還有他們的同伴，而且眼前有怪物的威脅，他再怎麼樣也不可能做出這種選擇。

很快，他就聽見除了自己呼吸聲之外的聲音。

「真是瘋了，這到底是怎麼回事！」

伴隨著抱怨聲，杜軒聽到有群人正在走下樓梯。

明明建築物坍塌得很嚴重，但奇怪的是，樓梯沒有受損，就像在引導人往下走。

杜軒很快找角落躲起來，可是這裡實在太暗，匆匆忙忙的他還不小心撞到腳趾，痛得他差點沒喊出聲，只能緊咬下唇，一拐一拐地藏起來。

之後沒過多久，蘇亞和一群死者出現在樓梯口。

他們看上去沒事，卻充滿戒備，像是隨時都能開槍。

「怪物為什麼會攻擊我們？牠不是我們的同類嗎？」

蘇亞的同伴還在抱怨，整個空間迴盪著他的聲音。

其他人不理會他，翻找並搜刮還能使用的武器，看來他們大多數人的武器都被留在外面，忙著逃跑的他們沒時間帶上。

「蘇亞，你別不理我，這樣很尷尬耶。」

「既然知道尷尬就給我閉嘴。」

蘇亞終於開口，但卻是要求他閉嘴的命令。

他的同伴這才終於安靜下來。

幾個人搜刮的同時也順便調查，奇怪的是他們沒有找到那些被困在這裡的死者，這裡就像不曾有人出現過似的，沒有留下任何蹤跡。

「凱跟賽門不在這裡。」

蘇亞的同伴總算說了句有用的話。

和他有著同樣疑惑的，還有另外幾個跟他們一起進來的死者。

「你們也沒找到同伴嗎？」

「別說同伴，就連半個人影都沒見到。」

「會不會是被轉移到其他地方去？」

當有人提出這個猜測的時候，空氣瞬間凝結。

「媽的，那我們之前不就白挖了！」

「我還以為不會再被轉移，原來還是會的啊。」

「早知道就不管了，現在該怎麼辦？我們反而被困住。」

幾個人開始抱怨，似乎已經確信其他死者是被轉移出去的。

相較之下，蘇亞倒是抱持相反意見。

「內部」已經只進不出很長一段時間，會這麼突然就開始將人傳送出去？

他不這麼認為。

巧的是，躲在暗處的杜軒也這樣想。

杜軒見這些死者放棄尋找同伴，而是開始討論離開的辦法，同時也開始思考自己該怎麼做才好。

這些死者最後討論的結果，是打算等外面的怪物離開後再說。

畢竟怪物似乎沒打算趕盡殺絕，所以只要待一段時間，等他們離開就好。

討論出結果後，這些死者很輕鬆地在隨時有可能二次坍塌的危險建築物內找位置躺下休息，有些人甚至翻出撲克牌耗時間。

正因為不用擔心自己會死，這些人的膽子才會這麼大。

與他們不同，蘇亞和同伴拿著手電筒在附近搜索，眼看就要找到他這裡來。

杜軒不想被發現，撿起地上的小碎塊往旁邊扔。

聲音果然成功吸引蘇亞他們的注意力，杜軒趁這個機會移動位置。

慶幸的是這個地下空間還算大，而且有些隙縫能讓他鑽。

鑽過幾個洞，和蘇亞他們拉開距離後，杜軒才站起來。

面前有個打開的手電筒，像是不知道被誰遺棄在那，可怕的是上面還留有血跡般的紅色液體。

沒魚蝦也好，杜軒也只能加減拿來用，這種地方真的很需要燈光輔助。

但就在他撿起手電筒之後，眼前的陰影處，似乎有某種東西在晃動。

他剛開始還以為自己眼花，下一秒便臉色鐵青。

因為這不是錯覺，那裡真的有東西在！

「呃！」

杜軒迅速往後退，但是已經來不及。

這條樹藤已經綑住他的手腕，用力將他拖入影子裡。

他連出聲都來不及，就消失不見，而手電筒的燈光也一明一暗，直到消失在遠處。

第四夜

同類（上）

像是突然恢復呼吸，杜軒倒抽口氣，瞪大雙眸，接著瘋狂咳嗽。

咳嗽的空檔吸不到空氣，快要缺氧而不斷掙扎的結果，就是不斷抽搐。

他張著嘴巴，完全顧不得口水和淚水拚命往下流，只想著要讓自己的呼吸穩定。

幾分鐘後才終於穩定下來，但是鼻腔卻殘留很明顯的異物感，喉嚨也很疼。

杜軒抬起頭，隱隱約約感受到自己的四肢傳來刺痛感。

當他感覺到液體顏著肌膚流下來的時候，才意識到一件事。

啊，他全身都是擦傷。

看樣子應該是被樹藤拖行的關係，所以才會有這麼多刮傷，慶幸的是這些傷口並不深，雖然看起來很慘但不是那麼嚴重。

「剛才那到底是什麼鬼……」

杜軒撐起身體，發現自己身處非常廣大的地下空間。

這裡陰冷又潮濕，摸著的地面軟呼呼的。

萬幸的是，他之前撿的手電筒就掉落在旁邊，至少不用摸黑前進。

他用手電筒照亮周圍，才發現自己掉落到很詭異的地方，而自己躺著的位置，則是由無數條樹藤纏繞的地面，所以才會覺得軟軟的。

上方角落有小碎石掉落，從洞口大小來看，他應該是從那裡被拉下來的。

「嘶——」忽然手腕一陣刺痛，讓他不小心鬆開手，手電筒摔在地上。

被綑住的手腕留有非常深的瘀青痕跡，怪不得這麼痛。

「這裡到底是什麼地方？我剛剛不是在武器庫……唔！」

他充滿困惑的瞬間，地面開始上下震動，接著就有更多樹藤從地底鑽出來，像麻花捲般纏繞，向上延伸直到碰觸頂部為止。

這種震動跟之前個方式很像，但規模比較小。

難道說之前幾次地震都是這些樹藤引起的？

「還是先想辦法離開再說。」

杜軒艱難地起身，全身都是擦傷、衣服也都沾滿鮮血，但他現在沒時間去治療。

幸好腳沒扭傷，手腕淤青的部位也只有些許刺痛感，沒有能夠阻礙他行動的傷勢已經是不幸中的大幸。

就在他用手電筒照著周圍，想決定前進方向的時候，碩大的空間裡突然迴盪響亮的槍聲。

這聲音聽起來是步槍或是機關槍之類的，能夠連續射擊、中間沒有停頓，而且從開槍的頻率來看，開槍的人正在戰鬥。

聽起來離這裡並不遠，杜軒有些猶豫要過去看看情況，還是說遠離比較安全。

從目前他掌握的情報來推測，戰鬥中的人十之八九是跟他一樣被樹藤拉到這裡來的死者們，這樣就能解釋為什麼武器庫裡空無一人。

也就是說，夏司宇大概率也在那裡。

雖說不是百分之百確定，但至少機率很高，如果他猜錯的話，就真的死定了。

下定決心的杜軒往槍聲方向慢慢靠近，不過在看見人之前，先見到槍口的火花。

杜軒叼著手電筒，找了個穩固的樹藤爬上去，躲在角落位置往下看。

一群死者正拿著衝鋒槍和面前的三株巨大捕蠅草戰鬥，子彈對準捕蠅草本體，接近的樹藤則是用刀具砍斷，幾個人被團團包圍，不過氣勢不弱，並沒有因為眼前的危機而居於劣勢。

杜軒很想看清楚那些死者之中有沒有夏司宇的身影，可惜距離遠加上這個地底空間太過昏暗，根本沒辦法看清楚那些死者的面貌，而且在這種情況下，他更不可能靠過去。

果然選擇來這裡的想法是錯的嗎……

經過一場激戰，這群死者好不容易把三株捕蠅草殺死。

說是殺死也不太準確，其實也就只是開槍把牠們打成碎片而已，這種怪物好像沒有可以一擊斃命的方式，如果是野獸那種，至少還有心臟可以瞄準。

「媽的，這些怪物到底是怎麼回事？為什麼攻擊我們？」

「誰知道啊！倒楣死了，還被抓到這種地方來。」

這些死者說話的聲音並不大，但因為很空曠的關係，杜軒聽得很清楚。

似曾相識的對話，就跟在武器庫前那些死者一樣的想法。

「喂，接下來要怎麼辦？這裡怎麼看都不像有能出去的路。」

其中有個死者轉頭問旁邊的三人小組，三人之中身材較高大的男子，把卡在樹藤裡的軍刀拔出來，用力一甩，將沾在上面的汁液弄掉。

他聽見有人向他提問，便轉過身。

「這些怪物不可能一開始就在這裡，所以肯定有回到上面的路。」

「你說得容易，問題是根本沒有目標啊。」

提問人似乎不接受這個想法，他跟旁邊的其他死者討論之後，就各自離開。

他們完全不打算一起行動，也不管彼此死活，只是在面對危險時能有多點人戰鬥比較方便而已。

留下來的三人沒有要跟他們走的意思，還留在原地查看附近的情況。

「呿，明明是自己跑來問的，結果就這樣走掉，真沒禮貌。」

橘髮男嘟著嘴抱怨，而他身旁那個壯漢也點頭同意。

「算啦！別理他們，再怎麼樣也死不了。」說完，他轉頭對將軍刀收起，拿出手槍的男子說：「不過如果又出現那種怪物，光靠我們三個人還是有點難應付。」

男子撇了他一眼，似乎不這麼想。

「我什麼時候說要跟你們一起行動了。」

他的語氣冰冷，還很不耐煩，聽得出來他並不想跟這兩個人待在一起。

橘髮男笑呵呵，完全不會看氣氛，而壯漢則是無奈陪笑：「你難不成想單獨行動？在充滿怪物的這個地底空間？沒開玩笑吧！」

男子默不作聲，突然舉起手槍對準壯漢的眉心。

壯漢和橘髮男嚇了一跳，兩人也反應迅速地抬起手裡的衝鋒槍，同時對準他。空氣，在這瞬間凍結成冰，然而男子卻突然轉身往樹藤上的人影開槍。

碰。

子彈並沒有打中對方，而是擦過他的臉頰擊中後面的牆壁。

這時橘髮男和壯漢才發現那個地方有手電筒的燈光，也就是說，上面躲著人。

「出來。」男子厲聲下令，「下一發我不會射偏。」

手電筒的燈光抖了一下，隨即人影便從樹藤慢慢滑下來。

此時此刻杜軒的心裡很不滿，但是他很清楚這個人剛才是故意打偏的，如果不照做他就會立刻沒命。

他乖乖走過去，靠近這三個人之後，原本模糊不清的臉才漸漸變得清晰。

杜軒嚇了一大跳，而男子更是意外。

「杜軒？」

「夏、夏司宇？」

兩人直視彼此，過不到三秒，他就感受到夏司宇責備的視線，擺明就是在問他為什麼會出現在這裡。

他原本以為身為活人的自己出現在死者面前，會很快被認出來，畢竟死者具有判斷身分的能力，不過橘髮男和壯漢看到他之後，只是很訝異而已，並沒有做什麼。

「搞什麼？怎麼會有活人在這？」

「真有趣，這傢伙見到我們居然不會害怕耶。」

兩人對杜軒似乎充滿興趣，這讓他想起許久未見的戴仁佑。

夏司宇立刻走上前抓住杜軒的手腕，很不巧地，他抓的地方正好是被樹藤掐到瘀青的位置，頓時讓他的臉皺起來，發出難受的聲音。

「嗚……」

夏司宇震住身體，立刻鬆手，轉而捧起他的手腕檢查。

杜軒全身是傷，衣服破破爛爛又髒兮兮的，更重要的是，他的手腕整個腫起來，就像是被人用力拉扯。

「你怎麼會在這？」

「當然是來找你的。」

「……哈啊。」夏司宇頭痛萬分地用手遮住額頭，「你知不知道我剛才差點就開槍打死你了？為什麼要躲在哪種地方？」

「剛才那種情況，我根本沒辦法靠近好嗎？躲高處觀察才方便。」

「你真的是想氣死我。」

夏司宇用拇指指腹輕推他臉頰上的擦傷，這是他剛才開槍時子彈擦過的痕跡吧。

光是想到杜軒會死在自己手上，他便怕到背脊發冷，不敢再繼續想下去。

「哇賽，鬣狗，你認識活人？」橘髮男很沒禮貌地指著杜軒，瞪大雙眸，不敢置信地說：「你果然是個奇怪的傢伙！」

還沒輪到夏司宇開口，壯漢倒是先往橘髮男的天靈蓋狠狠揍下去。

「傻子！不說話沒人當你是啞巴！」

「痛死人了！賽門，你沒事打我幹嘛？」

「好了啦趕快給我閉嘴！」

夏司宇和杜軒靜靜看著兩人吵鬧，索性不理會他們，繼續剛才的對話。

「你也是被樹藤抓下來的嗎？」

「這個嘛——」

杜軒尷尬地摳臉頰，猶豫後還是決定老實告訴夏司宇自己做了些什麼。

結果不出所料，夏司宇聽完之後臉色變得超級難看，就連被冷落在旁邊的兩人也嚇了一大跳，完全不敢靠近。

「算了，我們走。」

「嗯嗯。」

杜軒不敢多嘴，總而言之現在只要順著夏司宇的意思行動就好。

橘髮男和壯漢交換眼神後，也打算跟在兩人後面一起走，沒想到才剛抬起腳，夏司宇就突然朝他們開槍，逼得兩人不得不往後退。

「鬣狗！你搞什麼？」橘髮男很不滿地大吼，壯漢倒是知道夏司宇的用意。

「我們不會對那個活人出手的。」壯漢舉起雙手表示友善，這兩人雖然身分不同，卻是同伴，而且看上去夏司宇很保護這名活人，所以選擇不出手比較安全。

剛才對付那三株捕蠅草的時候，若不是夏司宇的強大戰力，他們這群人也打不贏，所以他不想失去像夏司宇這樣的戰力。

拿一個活人的靈魂來取得跟夏司宇組隊的機會，不虧。

死者雖然需要蒐集活人的靈魂，但他們也沒缺靈魂缺到說非得帶走杜軒。

當然，夏司宇也明白這點。

「你覺得呢？」他偏頭詢問杜軒的意見。

杜軒嘆口氣，主動走向兩人。

橘髮男和壯漢同時看著杜軒，不知道是不是因為有夏司宇撐腰的關係，他竟然完全不怕他們。

「總之，先告訴我你們叫什麼吧。」

杜軒早認出來這兩個人是蘇亞的同伴，既然是夏司宇說過的高戰力軍人，那麼就算遇到危險應該也比較有保障。

橘髮男和壯漢對看一眼後，忍不住笑出來。

杜軒被他們的反應嚇到，反而不知道該說什麼。

「我說的話很奇怪？」

「當然啊！光是能和活人這麼普通交談就已經很不得了了。」

橘髮男笑得很開心，同時也對杜軒產生好奇。

只能說不愧是「飺狗」的同伴嗎？他從沒見過這麼有趣的活人。

確實——就這樣奪走他的靈魂，有點可惜。

「我能理解為什麼飺狗這麼喜歡你。」

「我沒有。」

夏司宇耳朵很靈，即便說得不大聲，他也能聽得一清二楚。

「哇！這麼不老實？你都要因為這傢伙殺了我跟賽門耶。」橘髮男張大嘴，指著身旁的壯漢和自己的鼻子，向杜軒介紹自己，「對了對了，我叫凱，旁邊這個肌肉男是賽門。」

杜軒覺得眼前這個人就像大型犬一樣，開心得對他狂搖尾巴。

「我是杜軒。」

他勾起嘴角，皮笑肉不笑地用盡全力表達「善意」，沒想到他這個表情反而惹得凱大笑。

「哈哈哈！真是有趣的臉。」

「說完了沒？該走了。」

夏司宇插入兩人之間，強行結束話題。

怎麼才短短見面幾分鐘，杜軒就跟其他死者交起朋友來？

這人真的越看越不像是活人，他們之間本來就不存在友誼這類東西。

「你說走是要走去哪？」杜軒抬起頭問他，「有方向？」

「算是吧。」夏司宇看著深處，拿起手電筒往裡面照，「剛才這些怪物是從那裡鑽出來的，所以我想那裡應該有路。」

「呃、往怪物多的方向走，還真像你會做的事。」

「怪物會到地面去捕獵，也就是說牠們一定知道離開的路。」夏司宇很難得耐心解釋給他們聽，「剛才那三株應該是負責守衛巢穴的，抓住你和我們的樹藤則是用來搜尋附近的獵物，然後把人拖入巢穴，再由這些守衛進行獵殺。」

「聽起來像是動物會做的事。」

「牠們的行動確實很類似，也和我們之前見到的那些怪物不同。」

夏司宇說得沒錯，這次遇到的捕蠅草怪物確實和以前見到的有很大的差異，光是會攻擊死者這點，就已經很讓人匪夷所思了。

「看樣子『內部』還存在許多祕密。」

在場所有人都認同這點。

「果然地獄的深處還是地獄。」

「總之，努力在地獄裡活下去吧。」

凱和賽門用很爽快的口吻說著，兩人看上去一點也不擔心。

真希望他也能像這兩人一樣，用如此爽快的心情面對這些鳥事。

四個人沿著怪物挖出的路往前走，不知不覺就已經走了十多分鐘，很可惜的，他們都沒有什麼發現，但也沒有再遇到那些怪物。

這裡出奇的安靜，溫度也很低，牆壁和地面都濕答答地非常難走，好幾次都害杜軒差點滑倒，如果不是夏司宇，他早就摔得滿身傷。

不過，憑他現在身體，多些傷也沒差到哪去。

「你們有沒有聞到什麼怪味道？」

「啊，我剛才放了個屁。」

簡單兩句話，凱跟賽門又開始在那邊打鬧。

起先杜軒以為這兩人感情不好，但實際相處後發現他們只是很愛嘴砲而已。

杜軒走在隊伍中間，不斷偷看在前面帶頭的夏司宇。

夏司宇似乎感覺到他的視線，轉過頭來，「什麼事？」

「……沒什麼，只是走這麼久都沒遇到那些奇怪的植物，覺得有點怪怪的。」

「大概是遠離巢穴了吧。」

回答他的不是夏司宇，而是幾秒鐘前還在和賽門吵架的凱。

凱蹦著腳步跳到杜軒身旁，勾肩搭背地說：「對了對了，剛才都沒問你上面的情況怎麼樣？有沒有看見我家老大？」

賽門朝凱的腦袋瓜狠狠揍下去，「你少跟別人裝熟！他又沒見過蘇亞，怎麼可能知道你在說誰！」

「痛死啦！你能不能別老是對我動手動腳？打頭會變笨欸！」

「你本來就很笨，不用我打也一樣。」

「啊？有種你再說一次！」

結果這兩人又開始起爭執，已經習慣成自然的杜軒也沒管他們。

夏司宇突然靠過來，輕輕拍打他的肩膀，像是要把不乾淨的東西清掉。

「前面有風，應該是出口。」

他冷靜地說完後，凱跟賽門立刻停止爭執，轉過頭來同聲大喊：「真的假的！終於！」

兩人愉快地跑在前面，果然在兩百公尺的距離地方看到出口。

說真的，他們都快痛哭流涕了，真的是壓對寶，要是跟剛才那群死者一起走的話，還不知道要在裡面迷路多久。

「我出來啦！」

「自由！自由的感覺真好！」

結果剛跳出去洞口的兩個人，就這樣華麗地在下一秒鐘「爆炸」了。

不是字面上的意思，而是實際上的爆炸，像是有人在洞口設引爆裝置一樣。

爆炸的風壓很大，可想而知炸藥用量不低。

即便杜軒跟夏司宇離洞口有段距離，還是能夠感受到那陣強風。

夏司宇反射性將杜軒護在懷裡，迅速躲到旁邊的石頭後面去。

「搞什麼鬼！埋伏？」

他才剛喊完就被夏司宇摀住嘴巴。

意識到夏司宇想讓他保持安靜，杜軒這才慢慢冷靜下來。

洞口外面沒有聲音，就連凱跟賽門的聲音也聽不見，現在這情況也不可能去外面看看他們的狀況，只能靜觀其變。

十多分鐘後，洞外有人影出現。

人數不少，手裡還拿著槍械，似乎就是設陷阱的人。

兩人仍安靜躲著，這個距離可以清楚聽見那些人的說話聲。

「屍體呢？該不會被炸碎了吧。」

「不可能，這附近連點肉渣都沒有，肯定跑了。」

「我們設的炸藥量可是能夠炸毀山壁，這樣還沒死？」

「那可是死者，天曉得他們手裡有什麼特殊道具能使用。」

「嘖，這個地方果然對我們很不友善。」

這些人的對話聽起來不太像是死者會說的，這讓杜軒有些糊塗。

難道說這些人不是死者，是困在這個地方的活人？

並非不可能，活人們成群結隊保護自己、和死者對抗也已經不是第一次遇見，只不過比起之前在狩獵場遇到的那些活人，這群人不但冷靜又有規劃，似乎已經習以為常。

他和夏司宇很有默契，保持安靜，直到這些人離開為止。

等確定周圍沒有動靜後，夏司宇才帶著杜軒走出去。

除了殘留爆炸的痕跡之外，沒有半個人，就連凱跟賽門也不知道跑去哪。

杜軒不覺得凱跟賽門被炸碎，但也不認為他們有辦法逃得過這種規模的偷襲，如果他們沒事的話，那人到底去了哪？

和他徬徨的情況不同，夏司宇一出去就開始用手電筒在附近搜索，越走越遠。

深怕被丟下的杜軒趕緊跟在後面，雖然他不知道夏司宇在找什麼，但還是乖乖跟著他，不要亂跑比較安全。

洞口外是個樹林，走出去之後發現其實這裡是座公園，面積還挺大的，公園中央甚至還有一個面積很大的湖泊。

不知道為什麼，當他看見這個湖泊的時候，心裡居然產生一股寒意，他趕緊搖頭甩開負面思緒，正好走在前面的夏司宇也停了下來。

杜軒看著夏司宇從地上撿起某個東西，好奇地靠過去。

透過手電筒的燈光輔助，才看清楚這是個鋁製圓柱體，看起來有點像是小型保溫瓶，但似乎是有通電的，瓶身上有個方型框顯示著「IN」的字樣。

「這是什麼？」杜軒很好奇，更想知道夏司宇是怎麼找到這個東西的。

明明這裡範圍這麼大，以它的體積絕對不可能在這麼短的時間內被發現。

「跟我們在找的東西很像。」

杜軒剛開始沒反應過來，幾秒後回神，驚訝地說：「這就是你之前說的，用來裝靈魂的道具？」

「嗯，不過跟我想的有點不同。」

「不同？難道不是這個嗎？」

「不能說是，也不能說不是。」

「你就不能解釋得清楚點？等等，你怎麼會知道它掉在這裡？」

「死者之間能夠察覺到彼此的存在，所以很好找。」

「啊？這又是什麼意……」

杜軒話還沒說完，夏司宇不知道按了什麼東西，蓋子突然就彈開，從裡面飛出兩道影子，「啪」的一聲摔在地上。

「呃！」

「痛！」

一個人屁股落地，一個人鼻子貼地，很顯然的，倒楣的凱是後者。

「哇！我的鼻子！」

「你別大呼小叫的，能保命已經不錯了好嗎。」賽門把在地上滾來滾去的凱拎起來，接著轉頭向夏司宇道謝，「不好意思麻煩你了。」

「沒事。」夏司宇拿起道具對他們說：「只要你把這東西給我就好。」

原以為賽門不會答應，沒想到他想也沒想就點頭。

「行，你拿去吧。」

杜軒很意外，這麼珍貴的道具直接送給他們沒關係嗎？

賽門看杜軒一臉不解的樣子，便對他說：「雖然剛才在千鈞一髮之際躲到裡面去，但如果沒有人幫忙，我們就會被困在裡面出不來。所以是我們欠你們的，不用在意。」

簡單來說，這是個進入和出來都需要有人操控的道具，看來並不如他想得那樣好用，不過杜軒還是有點好奇夏司宇見到這個道具後說的話。

看夏司宇的反應，讓他不知道這個道具究竟是不是他們尋找的目標。

等平安回去後，他得好好抓著夏司宇問清楚才行。

「剛才的爆炸威力不小，應該把這東西吹得很遠，虧你能找得到。」

「我是鬣狗，鼻子很靈。」

「哈哈哈！」

賽門很難得笑出來，他沒想到自己居然能聽見夏司宇以「鬣狗」的名字來開玩笑。

雖說順利拿到他們想要的道具是很好，只是杜軒心裡還是對於剛才埋伏在洞口外的人有些疙瘩。

「剛才那是怎麼回事？怎麼會有人埋伏？」

「估計是『禍鼠』那些傢伙搞的鬼，我本來就有在懷疑了。」

被拎在手上，像個行李般存在感薄弱的凱，終於開口。

賽門把他放下來，凱繼續說道：「『內部』最近不是活人數量增加不少嗎？有些膽子大的傢伙就組成團隊，保護活人、攻擊死者。」

他邊說邊心情鬱悶地彈舌，看起來似乎在那些人手上吃過虧。

賽門也跟著說：「他們雖然不是說很強，但人數多所以很難應付，我以前有聽說過他們會設陷阱，不過這還是第一次遇上。」

夏司宇皺眉，「一群麻煩的水溝鼠。」

「呵，我跟你想得一樣。」賽門黑著臉回答，視線投射到杜軒身上。

杜軒被他的冷眼嚇了一跳，悄悄躲到夏司宇身後，擋掉那可怕的目光。

「欸，賽門。那個奇怪的植物該不會是那些傢伙養的吧？」

凱摸著下巴認真思考，但這個猜測早就已經在夏司宇和賽門的心裡盤旋。

他們也是有這種感覺，不過活人真有那種能力馴養那麼強大的怪物？

「這件事還得調查，等去跟蘇亞他們會合後再——」

「用不著這麼麻煩，我現在就能親自給你們答案。」

四人都沒注意到這個人的存在，直到他開口說話，才發現湖泊的方向有個人影，他不知道已經站在那裡多久，可以確定的是，沒有人察覺到他的氣息。

對方身材纖細，雖然背對著月亮，整個人卻散發著淡淡的柔光，像是鬼魅。

長髮輕輕隨風飄起，當他抬起頭的瞬間，那雙冷冽的目光令身為死者的三人下意識對他產生戒心，立刻就舉槍瞄準。

杜軒轉頭看著他們三個，從他們的反應來看，對方就像是遊戲中的大魔王一樣。

「到我身後去。」

「知……知道了。」

杜軒乖乖照夏司宇的命令，站在後方，輕扯他的衣角，深怕自己和他分開。

凱很不爽，這個人從頭到腳散發出來的氣息，都是他最討厭的那種。

「你不是死者，但看起來也不像那些活人。」

「這麼說真讓人傷心，我是活人喔。」男人笑著回答，隨後攤手道：「可能我被困在這裡太久了，久到已經完全融入這個空間，你們察覺不出來情有可原，所以別氣餒。」

他有沒有聽錯？這人居然還反過來鼓勵死者？

本來就很不爽的凱，被他傲慢的態度惹得更加火大。

「你這小子，不怕被打成蜂窩？」

「當然怕啊，活人死了就是死了，跟你們這些死去的笨蛋不一樣。」男人雖然這樣講，卻完全沒有露出畏懼感。

非但如此，在面對三名死者，並且被槍口對準的情況下，他仍能夠游刃有餘、面不改色，就像是已經計劃好所有事——

當杜軒察覺出不對勁的同時，男人揚起嘴角，露出燦爛的笑容。

接著他身後的湖泊突然冒出數條樹藤，如蟒蛇般沿著地面竄向三人。

即便早有戒備，但樹藤的速度太快，他們就算開槍也來不及反應，為求自保，只得先後退拉開距離。

可是他們怎麼樣也沒想到，後面早有幾株捕蠅草在那，就等他們自投羅網。

「該死！」

賽門從腰包裡拿出小型信號棒，點燃後扔向牠們。

因看見火花而混亂的捕蠅草露出縫隙，凱跟賽門趁這個機會衝出去，而殿後的夏司宇拉著杜軒，沒能來得及趕上。

捕蠅草再次聚集起來，堵住所有去路，將兩人團團包圍。

「……嘖。」

「抱、抱歉。」

杜軒知道夏司宇是因為帶著他才落後，如果沒有他的話，憑夏司宇的速度肯定能順利逃脫。

夏司宇並沒有怪罪杜軒，反倒是將他的手腕握得更緊。

「不要擔心，沒事。」

杜軒知道夏司宇只是在安慰他，現在這情況，怎麼樣都不像沒事的樣子。

圍繞他們的捕蠅草不斷流口水，液體滴在地上，將草皮腐蝕得一乾二淨，但是，這些飢腸轆轆的捕蠅草們卻突然往後退，像是接收到命令，鑽入草地中消失不見。

草皮沒有被破壞的痕跡，牠們就像融入裡面，感覺很奇怪。

「嘶！」

夏司宇拉住他的手腕突然加重力道，痛得他收回注意力，看向前方，這時他才發現剛才站在湖邊的男人居然慢慢朝他們走過來。

當距離只剩下三步左右的時候，夏司宇舉起手槍對準那張笑臉，迅速扣下扳機。

槍響聲迴盪在公園裡，而那顆子彈則是貫穿樹藤形成的屏障，穩穩地被卡在裡面，絲毫沒有對方造成半點威脅。

「嘖！」

夏司宇黑著臉咋舌，但對方卻笑嘻嘻地指揮樹藤撤退後，對他們說：「這下終於能夠好好說話了。」

他的目光飛快轉移到杜軒身上，四目相交的瞬間，杜軒抖了一下肩膀。

這男人雖然可怕，但不知道為什麼，他卻總感覺有點熟悉。

在他迷惘的時候，夏司宇又再次舉起槍，這次他還沒開槍，男人就突然跑過來，直接把額頭貼在槍口上面。

當他提眼看著夏司宇的時候，夏司宇發現他竟然猶豫了。

「等等！」杜軒立刻拉住男人的肩膀，將他推開，轉頭對夏司宇說：「他不是敵人。」

夏司宇很驚訝，他沒想到杜軒竟然會跳出來為這個男人擔保，明明杜軒看上去不認識這個男人才對。

杜軒用力嚥下口水，伸手將夏司宇的手槍往下壓住。

「相信我。」

夏司宇看著杜軒專注的眼神，最後只是嘆口氣，將槍收起。

「你最好給我一個解釋。」

他不相信這個怪裡怪氣的男人，但他相信杜軒。

如果這傢伙敢做些什麼的話——下次拿出手槍的時候，他絕對不會再猶豫。

「那麼，杜軒先生、夏司宇先生。」男人笑著說出兩人的名字，指著湖泊方向說道：「我們換個地方談談？」

第五夜

同類（下）

寧靜的公園裡，偶而能聽見蟲鳴，在這個只有月光的空間，湖泊就像鏡子般反射它的光芒，湖面閃爍的模樣就如同充滿星星的夜空。

在這座湖泊中央有座涼亭，共有四座橋能夠從湖泊邊緣連接過去，想逃很容易，但同樣也非常容易被包圍，更何況在這種沒有遮蔽物的地方，簡直就跟裸體沒兩樣。

老實說，杜軒實在不明白對方為什麼會選擇在這裡談話，該不會湖泊底下有許多能供他操控的樹藤？

話又說回來，一個活人究竟為什麼會有能夠操控怪物的力量？

三人來到涼亭後，這名總是笑嘻嘻的長髮男轉過身，「你們不用這麼提心吊膽，我沒有跟你們作對的意思，剛才那樣做也只是想把不相關的人趕走而已。」

他的意思是想要支開凱跟賽門？

杜軒對男人說的話，更加困惑了，但很奇怪的是，心底又有種不想去懷疑他的想法，這種感覺跟眼前所見到的現實有相當大的落差，讓他很不舒服。

當男人笑著轉過頭，和他對上視線的時候，這種感覺變得更加強烈。

「首先，我叫做徐永遠，跟你一樣是活人。」他邊說邊瞇起眼，「我是你的『同類』。」

同類，而不是同伴。

杜軒對他刻意的用詞方式，有些戒備。

「什麼意思？」

「我和你一樣擁有『特殊能力』。」

這句話，讓杜軒握緊拳頭。

他的預知能力可不是隨隨便便能看出來的，更何況從那天之後，他的預知能力又不知道跑哪去，跟以往一樣不可控制。

——正當他這麼想的時候，徐永遠突然開口。

「可以控制的喔。」

杜軒嚇了一跳，徐永遠就像是知道他心裡的想法似的，這讓人有些畏懼。

「不用這麼怕我，我跟你一樣都是有肉有血的普通人。」

他就像是可以跟自己的內心對話，甚至能夠感受到他的情緒。

這人，究竟是「什麼東西」？

「用這四個字稱呼我也太傷人了吧。」

「……果然。」杜軒皺緊眉頭，「是類似心電感應之類的嗎？」

「答對了。」

徐永遠本來就不打算隱瞞，只是比起自己說出口，讓杜軒猜更有趣。

他很確定杜軒絕對會相信他所擁有的能力，因為他們是「同類」。

「你似乎不是很意外的樣子，難道你早就已經知道他有特殊能力？」徐永遠看了夏司宇一眼後，笑著說：「想不到你們關係這麼好，怪不得剛才你會拚了命的保護他。死者保護活人的景象真讓人有點無法習慣。」

杜軒看到夏司宇的表情變得更難看之後，便主動開口，拉回話題：「還是麻煩你繼續聊正事吧。」

他當然不覺得自己跟夏司宇是朋友，但他們倆人之間的關係，很難用任何方式去定義，所以他不曾思考過這件事。

夏司宇也一樣，他反而用不耐的表情瞪著自顧自裝熟的徐永遠，覺得他很吵。

「別搞神祕了，既然你說你是我的『同類』，就好好解釋清楚。」

「是是是。」徐永遠聳肩，「真是急性子。」

接著，他走向涼亭的邊緣，蹲下身掀開地板的隱藏空間，從裡面拿出醫藥箱，塞進夏司宇的懷中。

「那麼接下來你就邊接受治療，邊聽我說吧。」

夏司宇眨眨眼，二話不說立刻壓住杜軒的肩膀，逼他坐在石椅上，自己則是單膝跪在他面前，一把抓住他的腿，直接開始替他治療擦傷。

雖然杜軒早就習慣夏司宇這種過度保護的行為，但在別人面前被這樣對待，多少還是有些令人羞恥。

「啊，不用在意我，你們繼續。」

徐永遠在他對面坐下，雙手托著下巴，看起來很高興的樣子。

杜軒無言地望向那張臉，大口嘆氣。

「現在你可以老實說了吧？」

「嗯，當然！」徐永遠點點頭，「不過首先我要先修正你們剛才的猜測，『禍鼠』並沒有操控那些怪物的能力，他們只是知道怪物的巢穴在那裡，還有牠們會去獵捕靈魂而已。」

徐永遠刻意用「靈魂」這兩個字，也就代表那些捕蠅草跟樹藤並沒有區分活人和死者的能力。

「那種怪物很多嗎？」

「老實說我也只見過這一次。」

「我還以為你的能力是操控怪物。」

「啊——沒有沒有，我哪來這麼大能耐？」

「你是想跟我說剛才發生的事，都是不切實際的夢？」

「沒這回事，只是我並不是能夠操控怪物，只是我能透過心電感應『短時間』操控對方的思考，雖然持續時間不長，但足夠做很多事。」

「可以竊取他人想法，又能夠操控對方思考……你的能力有點可怕。」

「沒有啦，哈哈哈！」

徐永遠害羞地搖手，看起來就像是被讚美一樣高興。

杜軒懶得理他，直接無視他那張笑呵呵的臉。

「你的意思是，『禍鼠』是利用這點來埋伏從巢穴裡逃出來的人？」

「對，他們是使用遠程引爆裝置，只要看到逃出來的人有攜帶武器就會將對方當作死者殺死。」

「你還真了解。」

「因為我是他們的情報商啊。」

「……我真是一點都不感到意外。」

既然徐永遠有這種能力，理所當然能夠擔任販賣情報的工作。

在這個一無所知的空間裡，「情報」是相當重要的，怪不得他能過得這麼自在。

「好吧，先不管『禍鼠』和那些怪物的問題，我們來聊最重要的事吧。」

「呵，當然沒問題。」

徐永遠明白杜軒的意思，而這本來就是他想要找杜軒聊的。

說起來他今天也只是偶然路過，沒想到就「聽見」杜軒和夏司宇的心聲，當時也只不過是好奇為什麼夏司宇會擁有強烈守護活人的念頭，直到親眼見到他跟杜軒，才確信了一件事。

杜軒是他的「同類」，因為「同類」之間具有莫名的信任感，而當他見到杜軒的瞬間，他立刻就明白了。

所以他操控樹藤和捕蠅草，把另外兩個不重要的配角逼走，就是為了留下他們，這樣才能夠「私下」進行交談。

雖然跟在杜軒身旁的這條「鬣狗」，真的有點可怕，一見面就朝他開槍，差點沒把他嚇死，要不是他能聽見「心聲」，知道夏司宇根本不打算殺他，他也不會蠢到主動貼過去送死。

他真的很感謝自己與生俱來的特殊能力，但有時也很憎恨這份力量。就是因為擁有它的關係，他才會被困在這永無天日的深淵裡。

「你想知道為什麼我稱你是同類吧。」

「嗯，這說法很令人不舒服。」

杜軒皺眉，他不喜歡徐永遠的選詞方式，卻又覺得挺貼切的。可是，光靠「特殊能力」這點並不足以表明他們就是同路人，他需要更明確的解釋。

「我明白你的『顧慮』。」已經透過能力，將杜軒心裡所擔憂的事情聽得一清二楚的徐永遠，聳肩道：「確實，光是這點不足以證明什麼，但老實說我現在也拿不出證據來說服你。」

「所以你是打算用說的讓我相信？」

「……對。」徐永遠認真回答，「你應該猜得出來，我就是專門販售情報的，所以我知道的事情很多，但大部分都沒有辦法拿出證據。」

「因為你是用『聽』的。」

「我只問你一件事，你是不是覺得跟我之間有某種關聯性？」

他不用聽杜軒的想法，光從他的表情就能明白，杜軒是知道的。

於是他接下去說：「我們在遇見同類的時候會產生莫名的親近感，而你是我待在這裡遇到的第三個讓我有這種感覺的人。」

第三個？

杜軒感覺不太妙，照徐永遠的口氣來判斷，在他前面的兩個人恐怕已經——

「就是你想的那樣。」

徐永遠打斷他的思緒，而說出這句話的他，表情看起來有些痛苦。

杜軒皺眉，心已經涼了大半。

「怎麼回事？」

「掌管這個地方的『某個人』會把擁有特殊能力的靈魂扔到這裡來，雖然我不知道原因是什麼，但，那個人想要我們死。」

杜軒想起了他在被帶到這裡來的時候，那句說想要他死的聲音。

他抬起頭看著徐永遠的表情，雖然他沒開口，但那抹苦澀的笑容卻說明了一切。

「你知道的吧，我們死了的話就是真的沒命了，雖然我們比普通人還要有能力自保，但來到這個地方後，我們的特殊能力變得很難控制。」

「這點我有感覺出來。」

「嗯，我後來也是花不少時間才重新掌控自己的能力，其他兩個人也是，但他們……」

徐永遠沒把話說完，而那沒說完的內容，很容易猜出來。

杜軒垂眼，明明對他來說都是不曾謀面的陌生人，可是心裡卻感覺很難過。

「我很久沒遇到同類，所以發現你的時候我很高興，但相對的也有些擔憂。」徐永遠轉頭看向夏司宇，「不過你的情況，真的很特殊。」

夏司宇的眼神冰冷，當徐永遠發現他讀不到這個人的想法後，反倒有些害怕他。讀不到的意思就是這個人心裡什麼都沒想，而這樣反而更危險可怕。

「特殊能力嗎……老實說我沒想過我被盯上的原因，和那個能力有關。」

徐永遠聳肩，「誰能想到這種事？我也是無緣無故被扔進來的。」

「我只是覺得奇怪，自己為什麼頻繁參與這個死亡遊戲。」

「頻繁？」徐永遠眨眨眼，很是訝異，「意思是你有成功離開過？」

「嗯，很多次。」

徐永遠直勾勾看著他，突然開始思考，陷入沉默。

他莫名安靜下來，反而讓杜軒不知道該作何反應。

終於替杜軒把傷口全部處理完畢後，夏司宇起身將醫藥箱放在石桌上面。

從頭到尾沒說半句話的他，終於開了金口。

「你找上我們，是想要一起行動確保安全吧。」

徐永遠將身體向前傾，手肘放在石桌上，沉重地嘆息。

「我是有這個意思沒錯，但我不打算勉強你們，雖然是同類但也沒有非得要一起行動，對我來說，怪物、死者，還有那些瘋癲的『禍鼠』都不是主要敵人，我的敵人就只有一個。」

——把他們抓到這個空間來的「人」。

杜軒和徐永遠的心裡，同時想著這件事。

夏司宇雙手環胸，對杜軒說：「我沒意見。」

見夏司宇把選擇權扔給他，杜軒只覺得頭痛。

安靜許久，他才重新開口。

「你並沒有完全說實話對吧。」

這句肯定句，令徐永遠意外，他不由自主地瞪大雙眸，而他的反應，也恰巧證實杜軒的猜測。

他確實是猜錯了怪物和「禍鼠」這部分的事情，但是在擁有足夠的情報之後，思緒也變得清楚很多，讓他能夠更清楚做出判斷。

徐永遠說的話當中，有許多「疑點」，聽起來沒有什麼問題，可是卻有著些許缺陷，而這就是讓他猶豫的原因。

「……你不相信我？」

徐永遠沒想到杜軒會產生質疑，他還以為光憑剛才那些情況，就足夠取得杜軒的信任，即便沒有證據，但人會下意識被眼前所見到的情況說服，這是本能。

他讀出杜軒的想法，也說出自己的能力，更重要的是，他清楚表明自己沒有「敵意」，照道理來說，杜軒跟夏司宇都會接受才對。

然而看這兩人的反應，似乎不像是信任的樣子。

「不是不信你，是你說的話當中太多漏洞。」夏司宇開口回答，他的眼神也變得比之前還要冰冷，「雖然知道你大部分說的是真的，可是也有刻意隱瞞的事情。」

徐永遠笑著問：「我不太懂你們的意思？」

不只是杜軒，沒想到連夏司宇也察覺到了。

憑他多年跟人交涉的經驗，沒那麼容易被人發現才對啊？

「你的能力如果真如你所說，那麼比起說服我們，你大可直接控制我們兩個人。」杜軒指指自己的腦袋瓜，繼續說下去：「但你沒有這麼做，代表你沒辦法操控怪物之外的對象。」

徐永遠笑而不語，而杜軒仍接著說。

「再來就是你所謂的『心電感應』，大概是有限制的，因為你並不能完全知道我們兩個心裡的想法。」他豎起食指，舉例說明：「就像我剛才在心裡偷罵你髒話，你也沒有反應。」

聽見杜軒說的話，徐永遠扶額仰頭大笑。

「哈哈！你們真的很有趣。」

「怎麼？說中了？」

徐永遠忍住笑意，心情很好地說：「猜得差不多，的確我的能力有限制，所以才會主動和你們交涉，就像你說的，我的操控能力是在來到這個地方後才有的，而且只對怪物有用。」

「既然我的能力有缺陷，那麼你的也有。」

「對。」徐永遠聳肩道：「我的『心電感應』必須在近距離的狀況下才能使用，不過在操控那些樹藤的時候，可以透過牠們來使用能力。」

「但竊聽到的內容並不完整。」

「……是的，可能是因為突然有了操控怪物的能力，所以心電感應的清晰度降低，就像是參有雜訊那樣，不過還是能聽見部分關鍵字。」

「所以你是靠對方的表情跟實際情況來補足這部分。」

「呵，你真的很聰明，我越來越喜歡你了。」

徐永遠歪著頭朝杜軒笑，坦率說出自己對杜軒感興趣的事實，卻被對方無視。

杜軒彷彿看見自己眼前坐著一隻狡猾的狐狸，而身旁那隻鬣狗則是心情很不好，用像是要咬斷對方喉嚨的眼神，狠狠瞪著徐永遠。

「反正你已經養了一隻狗，不介意多我這隻狐狸吧？」

杜軒無奈看著徐永遠，沒想到他居然不介意被當成狐狸看待。

但他還沒來得及說出自己的決定，徐永遠突然站起來盯著左側方向，夏司宇發現他的臉色不太對勁，立刻跟著將背在身後的步槍轉至胸口，做好準備。

「看來你的答覆得暫時保留。」徐永遠把杜軒拉起來，推到他跟夏司宇身後。

杜軒一臉狐疑，不懂這兩人發現什麼，直到他看見寧靜的湖面泛起層層漣漪，接著一隻蒼白、腐爛的纖細手臂，緩慢地從湖裡身出來，抓住涼亭邊緣。

濕答答的身軀，散發出惡臭味，它從湖裡爬上涼亭，搖搖晃晃地垂頭站在三人面前。

「……人？」

杜軒覺得很怪，因為這個「人」看上去不像活人，也不像死者。

從徐永遠的反應來看，他十分確定，無論對方是什麼，絕對不是好東西。

忽然，這個人往前走了一步。

它不穩地搖晃身軀，每每跨出步伐，身體就會詭異地歪斜，全身的骨頭都以不同的方向曲折，與其說它是「人」，倒不如說像是牽線木偶。

徐永遠冷汗直冒，對這個東西充滿戒備，但也不敢輕舉妄動。

他從外套底下抽出手槍，早早打開保險，隨時準備開槍。

其實夏司宇早就已經發現他持有槍械這件事，不過因為徐永遠看上去並沒有攻擊的意願，所以才裝做沒發現。

徐永遠當然也知道他是故意裝傻，像夏司宇這樣的高階死者，怎麼可能不知道他這點小心思。

然而，現在並非談這件事的時機。

「這到底是什麼？」

杜軒才剛開口，這個「人」便忽然停止前進的腳步，將脖子往前伸長後，九十度抬起。

它的臉大部分都被長髮覆蓋，唯一露出來的，是那隻眼珠往上吊起的眼睛。眼珠十分大顆，幾乎佔據面部三分之一，與其說它原本就長成這樣，倒不如說像是因為泡水過久而腫脹。

伴著黑夜與湖光，讓眼前的不明生物顯得更加滲人。

它望向杜軒的位置，彷彿鎖定目標，動也不動。

杜軒緊張地嚥口水，冷汗直冒，即便沒有與它對視，但是他卻感覺到背脊發冷。

下一秒，這個「人」突然衝上前，無視徐永遠和夏司宇的存在，將那腐爛的手伸向杜軒。

由於它的速度過快，徐永遠和夏司宇都沒能來得及反應過來，當他們意識到的時候，杜軒的脖子已經被它掐住，身體也因為強勁的衝擊而後退，直到撞在涼亭的柱子上。

力道過猛，整個涼亭都在震動，杜軒除了感覺到強烈的痛苦之外，也因為後腦杓遭受撞擊的關係，產生昏眩感。

徐永遠和夏司宇急忙轉身，二話不說舉槍瞄準那個「人」，但徐永遠卻遲遲沒能扣下扳機。

他的槍法沒那麼準，深怕不小心就誤傷杜軒，可是在他猶豫之際，旁邊的夏司宇早已將步槍甩向背後，抽出軍刀跑上前，狠狠插入對方的脊椎裡。

刺下去的瞬間，夏司宇感覺到手感不太對，而且這個「人」也毫無反應。

傷口沒有滲血，反而湧出大量的水，就像這具身體裡是被水填滿而非鮮血。

夏司宇迅速將軍刀拔出，接著用力劃向那隻掐住杜軒的手。

軍刀輕而易舉就將那隻手切斷，杜軒跌坐在地，不停咳嗽，身後的徐永遠見狀，立刻跑過去把杜軒拉開。

那顆頭並沒有因為夏司宇的攻擊而對他產生敵意，反倒是追隨杜軒被拖走的方向，不顧自己斷掌的手，再次撲過去。

這回它沒能得逞，而是被夏司宇用膝蓋壓住背，按在地上動彈不得。

它一直在掙扎，臉也一直望向杜軒，發出咯噠咯噠的聲音。

很像是從關節傳來的，也很像是藏在喉嚨裡的笑聲。

夏司宇單手壓制它，另一手轉動刀柄，反握後向下插入它的腦袋裡。

如同木偶般的身軀，抽搐之後停止了動作。

涼亭內恢復寧靜，但三人卻久未回神，心情全被這個莫名其妙冒出來的怪物打亂，尤其是杜軒，他到現在還感覺喉嚨麻麻的，發不出聲音。

「沒事吧？」

夏司宇快步走向兩人，還沒來得及把杜軒從地上拉起來，涼亭邊緣又傳來水聲。

這次，並非只有一隻手臂，而是無數隻。

它們抓住涼亭邊緣後攀爬上來，數量多到無法數清，可以確定的是，它們都是衝著杜軒而來。

徐永遠眼看情況變得如此麻煩，咬牙道：「快跑！」

說完，他就強行拉著杜軒起來，二話不說就往反方向衝。

果不其然，它們看到徐永遠和杜軒逃跑，立刻追過去。

夏司宇並不打算和它們硬碰硬，便跟在兩人身後，跑上橋的他們打算回到湖邊，卻沒想到湖邊也冒出人影，搖搖晃晃地站著。

夏司宇和徐永遠飛快交換眼神，接著從拿出手榴彈，沿著橋面讓它彈滾向後方追逐者，而當徐永遠接近湖邊的時候，他用心電感應的方式操控藏在水底的樹藤，以橫掃的方式將岸邊的人全部甩飛。

湖邊安全無誤，三人順利上岸，而此時手榴彈也引爆，將他們後方的橋炸得乾乾淨淨，後面的追兵也全都被炸得粉碎。

然而，這並不代表他們安全了。

這群「人」的又從池裡爬出來，一個個以趴地的姿勢出現，就像是動物，而且它們的速度明顯增加，四肢呈現詭異的方式前進。

「快跑！不要回頭！」

徐永遠一直拉著杜軒，沒有鬆手，不斷以言語鼓勵杜軒。

滿身傷的杜軒，原以為自己跑得動，但沒想到卻越跑越無力，身體像是沒有力氣一樣，甚至還有些缺氧，可是為了活命，他也只能拚老命跑。

鏘。

清脆的響音，突然清晰地傳入耳中。

杜軒愣了半秒，低頭看著自己的左腳踝。

不知道從哪冒出來的冰冷鐵鍊，緊緊纏住，阻止他前進，而拉著他的徐永遠也跟著停下腳步。

「你突然停下來做什——」

他還來不及問完，杜軒整個人就被強大的力道拉走。

徐永遠根本抓不緊他的手，反倒是在後面的夏司宇見狀，眼明手快地單臂環住杜軒的腰，穩穩接住他。

「唔！」

「怎麼回事！」

夏司宇嚇到冒出冷汗，接著他就發現綑在杜軒腳踝上的鐵鍊。

鐵鍊用力拉扯著杜軒的腿，他感覺自己的腿好像快要被人硬生生扯下來。

追上來的徐永遠看到這個情況，原本想幫忙，可是那些姿勢詭異的人群立刻繞過兩人，朝他撲過去，就像是在故意干擾他。

「好、好痛……」

杜軒不斷喊疼，臉色越來越蒼白。

夏司宇實在沒辦法眼睜睜看著他如此痛苦難受，而他又沒辦法砍斷鐵鍊，現在光是抓住杜軒就已經使出全部的力量，根本沒有餘力做其他事。

再這樣下去，杜軒的腿真的會被活生生扯斷，但若他放手的話，杜軒絕對不可能活得了！

該怎麼辦！

夏司宇的腦袋快速飛轉，最終他只想出一個辦法。

他從口袋裡拿出道具，高舉起來對著徐永遠大喊：「喂！幫個忙！」

徐永遠聽見夏司宇的聲音，看清楚他高舉在手裡的東西是什麼之後，立刻明白他的意思。

也許是因為分心的關係，稍微放鬆力道，鐵鍊突然一個使力將杜軒用力從夏司宇的臂彎裡拉出來。

杜軒跌在地上，接著被迅速往湖泊的方向拖行。

他痛到發不出聲音，耳邊只剩下風聲，接著他就被拖入湖泊，沉入水底。

記憶，到此為止。

在將杜軒拖走後，湖泊恢復平靜，那條鐵鍊也不知去向。

而攻擊徐永遠的那群「人」也都突然靜止，一個個默不作聲，像是失去目標般再公園裡徘徊，眼中根本沒有徐永遠的存在。

徐永遠跌坐在地，大口喘息，好不容易才放鬆下來。

「該死……又是這樣。」

他將臉埋入右手掌心，大口嘆氣。

每每都是這樣，剛遇見「同類」之後沒多久，他們就被莫名其妙地殺害。

他不知道這是怎麼回事，也不懂為什麼就只有自己沒被抓走，唯一能夠確定的是，有人暗中針對他們這些擁有特殊能力的靈魂。

也許在這個狩獵活人靈魂的遊戲中，其他人都不是重點，他們幾個才是主要目標。

「希望你們沒事……不，你們一定得平安無事才行。」

徐永遠真心誠意地看著湖泊，而那裡已經不見杜軒以及夏司宇的身影。

空曠的公園，吹著令人寒心的冷風。

今夜的他，又失去了同伴。

平靜的水面突然開始微微晃動，過沒幾秒鐘產生大量氣泡，接著就有個人影衝出來，不斷咳嗽並掙扎著。

「咳咳咳！咳咳！」

杜軒無法停止，想用全部力氣將灌入鼻腔的水弄出來，但即便成功了，殘存下來地窒息感仍令他難受。

伸長手不斷尋找安全的地方，直到終於碰到冷冰冰的磁磚後才回過神，像是遇大海中的浮木，迅速將手臂放上去。

「咳咳、咳……」

暫時獲得的安全讓杜軒沒辦法輕易鬆開手，但也沒有力氣撐起沉重的身體，只好就這樣趴著直到不適感退去為止。

而只顧著存活的他，根本沒注意到有個人已經站在旁邊盯著自己看，直到最後才發現人影的存在，嚇得手一滑。

對方眼看杜軒又要摔回水裡，急忙跑過來拉住他，順勢將人拎起來。

「這不是老熟人嗎？你怎麼變得這麼狼狽？」

「咳、咳咳……」杜軒又嗆了幾口水，抬起頭，用沙啞的聲音反問對方：「這句話應、應該是我要說的吧，你為什麼會在這？」

「哪有為什麼？當然是被傳過來的。」他上下打量杜軒，挑釁的目光轉為擔憂，「雖然我有很多問題想問，不過以你目前的狀況來看，大概沒辦法回答。」

杜軒的頭仍昏沉沉的，或許是差點溺水的關係，害他始終使不上力。

「鐵、鐵鍊……」

「鐵鍊？什麼鐵鍊，我沒看到。」

他摸不著頭緒，一臉狐疑，以為杜軒神智錯亂。

但是當他再次看向杜軒的臉時，那張無血色的臉，已經沉沉睡去。

眼看沒辦法問清楚來龍去脈，他也只能嘆口氣，將杜軒扛在肩上。

身後有人幾個人靠過來，似乎是發現他跟杜軒的關係，過來搭話。

「欸？這不是大叔嗎，你在這裡做什麼？」

兩名男人舉起手向對方示意，他無奈起身，轉過去面向他們，差點沒把對方嚇死。

「靠！你怎麼沒穿衣服！」

「戴仁佑，你想嚇死我們啊！」

聽見這兩個年輕的毛頭小子朝他慘叫，戴仁佑笑得很開心。

「來游泳穿什麼衣服？濕了還得晾乾，麻煩得要命。」

戴仁佑全裸扛著杜軒，大剌剌地從這兩個男人身旁走過去。

對方根本不在意戴仁佑扛著的人是誰，只覺得自己的眼睛快瞎掉，只希望光著屁股的戴仁佑能盡快消失在視線範圍內。

戴仁佑如他們所願，離開泳池，來到更衣室。

他看了一眼，確認沒有其他人之後，將杜軒小心翼翼放在長凳上。

「還真是孽緣，沒想到又撞見你這有趣的小東西了。」

戴仁佑輕戳杜軒的臉頰，接著皺起眉頭。

「你真是挑了個最糟糕的時機點出現，不過——分開的這段時間裡，你究竟做了什麼好事？」

剛才那兩個男人和他一樣都是死者，然而當他扛著身為活人的杜軒時，照道理來講對方應該會立刻注意到才對，可是他們卻沒有。

這讓原本只是懷疑的戴仁佑，確定了一件事。

不知道為什麼，明明是活人的杜軒身上，有著死者的氣息，完美無缺地將他的身分隱瞞起來。

他能想到的理由，就只有一個，可是現在不是好時機，周圍太多耳目。

「唉，真倒楣。」

戴仁佑搔搔頭髮，真心覺得自己運氣糟糕到極點。

看來這段時間不會無聊了。

第六夜

黑影人（上）

在狩獵場被轉移離開，和杜軒他們分別後，戴仁佑只是覺得有點可惜，沒有其他想法，也沒想過要去找他們。

他本來就只是覺得杜軒很有趣才會跟著，沒有必須保護或是尋找他們的意義在，只不過覺得自己好不容易救下來的靈魂，就這樣被別的死者奪走的話，心裡不太爽快。

不知道是不是他的怨念被聽見，轉移後的他很快就和那兩個大學生重逢，雖說這兩人當時情況也不是很好，不過他還是幫了點忙，讓他們能夠順利「離開」這個地方。

這麼做之後，他的心情變得輕鬆很多，沒過多久就又再次被轉移。

而這回，沒想到竟然會是來到「內部」空間。

很久以前他曾來過一次，當時大概待了一個月半左右的時間才被轉移出去，所以他認為這次應該也差不多。

既能狩獵活人靈魂，又能補充武器，對他來說是個不錯的休閒場所，所以他不小心待得有點太過舒爽。

就在他心情愉悅的時候，卻聽見很不得了的「情報」。

聽說最近「內部」狀況很奇怪，死者轉移不出去，還會定期送一堆活人靈魂過來，雖然對大部分的死者來說，比起到處去找、去獵殺，現在這樣還比較輕鬆，但也有少部分的死者察覺異樣，產生危機感。

他便是那「少部分」之一。

為了取得更多情報，戴仁佑並沒有像以前那樣瘋狂追殺活人，而是選擇在各個死者團體裡鬼混，只要不是爭奪活人靈魂的死者，基本上都不會被視為敵方，想掌握各種消息也比較容易，還能當作放個長假，一舉兩得。

而這次，他來到以中學校區作為據點的死者團體裡，在這裡搜集情報，怎麼樣也沒想到才剛來沒幾天，就在校區內的游泳池裸泳時遇見老熟人。

當杜軒從泳池裡抬起頭的時候，他還以為自己看走眼。

同時他也意識到，悠閒的「假期」即將結束。

「唔……」

長凳上的人皺緊眉頭，艱難起身，看起來頭還在暈眩，臉色相當難看。

他睜開眼，但始終沒辦法對焦，模糊的視線裡，隱約看得見旁邊站著一個人。

「醒了？」

當這個男人一開口說話，傳入耳中的瞬間，杜軒驚醒過來。

他抬起頭，錯愕地盯著穿著內褲，倚靠在鐵櫃旁的熟悉男人。

兩人之間靜止好幾秒，氣氛變得詭異的同時，杜軒覺得自己的思考能力終於恢復。

「大叔，你怎麼會在這？」

他的喉嚨跟鼻腔都還有些疼痛，發不出太大的聲音，但幸好這個房間夠安靜，就算音量不高，對方也能聽得見。

戴仁佑轉身從鐵櫃裡拿出乾淨的毛巾，走過去，直接蓋在他的頭上，「這是我要說的，你怎麼會突然從游泳池裡冒出來？」

他在裡面裸泳的時候可沒有半個人，所以很確定杜軒是被「轉移」過來的，從他身上的傷勢來看，之前肯定遇到過什麼危險狀況。

「把衣服脫掉，我拿乾淨的給你穿，繃帶也拆下來，都濕了，得重新處理傷口。」

杜軒把蓋在頭上的毛巾拿下來，環伺附近。

這裡看起來很像是更衣室，他怎麼會在這？明明印象中他是被活生生拖入湖泊，差點淹死在裡面，怎麼轉眼間跑到這裡來？

戴仁佑把東西都準備好了，卻看到杜軒還呆愣的坐在那，心情不是很好。

「臭小子，你把我的話當耳邊風？」

「這裡是哪？」

「哈，真是！還是老樣子不把我當回事，把你從泳池裡拽上來的可是我，要不是有我在的話，其他死者早就——」

「大叔，這很重要。」

杜軒一臉認真，雖然看上去很虛弱，但是並不打算跟他示弱。

戴仁佑煩躁地摸摸鬍渣，不悅咋舌。

「你聽過『內部』嗎？」

「……啊啊。」杜軒垂眼，光看他的反應戴仁佑就知道，杜軒知道這裡是哪。

他攤手道：「該不會你本來就在這裡吧？真的假的？」

「嗯，我之前是在公園裡。」

杜軒老實將自己剛才遇到的事情向戴仁佑說明，當然，他沒把遇見徐永遠的是情說出來，只是大概講述他跟夏司宇遇到的情況。

戴仁佑聽得出他有所隱瞞，但是沒興趣了解，他倒是對杜軒說的鐵鍊以及從湖裡爬出來的水腫屍體有些好奇。

「我沒聽過有那種危險的東西，不過攻擊你們的那些屍體怪物我倒是知道。」

「不愧是大叔，果然年紀大累積的知識也多。」

「小子，你是不是故意討打？一見面就把我當老頭對待是不是有點過分？至少說聲好久不見吧！」

杜軒脫下衣服後，抬起頭盯著他看。

「好久不見。」

即便他如願說了這四個字，但聽在戴仁佑耳裡格外刺耳。拳頭很硬，很想揍下去，不過戴仁佑最後還是決定放棄。要是打了這混小子，不知道夏司宇會怎麼「回敬」他，還不如別跟杜軒計較。

「我不知道你也被轉移到這裡來了。」

杜軒從戴仁佑手裡接過乾淨的衣服，把全身濕搭搭的衣服換下後，檢查胸包內的東西。

雖然胸包是濕的，但包包裡的東西倒是沒有受潮太嚴重，沒想到這個胸包居然有防水效果，算是不幸中的大幸。

戴仁佑邊曬他的衣服和包包，邊對他說：「『內部』分成很多區域，可能我們之前待的地方不同。」

「所以你這裡沒出現我剛才說的那些情況？」

「固定的武器庫、會攻擊死者的怪物，還有大量活人轉移這些？」戴仁佑叱鼻笑道：「沒有，這倒是讓我挺羨慕的，聽上去很有趣。」

「也只有你們這些死者才會覺得有趣。」

杜軒穿著單薄的短袖和運動長褲，不由自主地顫抖，這裡的溫度比他之前待的地方要冷很多，而且他還剛泡過水，還得花點時間恢復。

可能是看杜軒若不經風的樣子有些礙眼，戴仁佑脫下自己的外套，披在杜軒身上，沒讓他注意到自己往他口袋裡偷偷塞了個東西。

「就像我說的，這裡全是死者，你一個大活人不適合在外面移動。」

「但我也不能一直待在這裡。」

「那些傢伙不會逗留太久，他們會出去狩獵，等那時候我就能帶你出去。」

「……不知道我的運氣算不算好，既然會遇到大叔。」

話雖如此，但杜軒仍然慶幸自己遇到的是戴仁佑，而不是其他死者。

「離開這裡後打算去哪？」

「不知道，可能先找個地方待著再看看情況。」杜軒皺眉，「我覺得攻擊我的那些怪物不會善罷干休，而且我也想知道為什麼自己會被拖到這裡來。」

「你覺得是有原因嗎？」

「要不然直接把我困在湖底就好，根本沒必要把我轉移到其他地方去。」

「嗯——你說得確實有道理。」

戴仁佑雖然不擅長思考這些事，但基本的危機判斷還是有的。

老實說他並不想淌這趟渾水，用腳指頭想也知道，跟杜軒一起混肯定沒好果子吃，可是他有點於心不忍，這麼有趣的傢伙要是被別人幹掉的話也太無聊了吧！

為自己的行為找出適合的藉口後，戴仁佑點點頭說道：「那就讓我代替那個姓夏的，陪你混一段時間。」

「欸，真意外，我還以為大叔你不想管我的死活。」

「哈！你果然看出來了。」

「當然，死者裡有夏司宇一個怪胎就夠，而且我也知道他跟你們完全不同。」

「那傢伙確實很奇怪，不過我多少也能理解啦！因為你真的很好玩。」戴仁佑攤手道：「但你也不用那麼提防我，之前你救下的那兩個活人，我可是有代替你好好把他們送走。」

杜軒眨眨眼，「你們被轉移到同個地方？」

「算是巧合吧？那兩個小子運氣也不錯，在被殺死前先遇到我，要不然真活不下來。」

「……這樣啊。」

聽見景皓和任偉學平安無事的消息，算是讓杜軒勞累的心，得到一絲藉慰。

忽然，門外傳來腳部聲，戴仁佑最先注意到，伸手搭在杜軒的肩膀上，示意他安靜，而收到暗示的杜軒點點頭之後，就聽到門外傳來說話聲。

「戴仁佑，你在裡面？」

「有什麼事？」

戴仁佑剛問完，門把就被人快速轉動。

杜軒嚇了一跳，但他很快就發現對方打不開門，這才發現原來戴仁佑早就上鎖。

「嘖！你鎖什麼鎖？」

「你要進來也可以，我現在沒穿衣服，正苦惱沒人欣賞我漂亮的腹肌。」

「媽的，又在那邊說什麼鬼話！」

「有屁快放，沒事就給我滾遠點。」

「要不是老大說不能揍你，我早就踹飛這扇門了。」門外的人還在碎碎念，他不怕被戴仁佑聽見，故意說得很大聲。

杜軒看見戴仁佑嘴角上揚，笑得很開心，但盯著門的那雙眼，卻沒有半點溫度。

坦白說，這樣的他有點可怕，就像是個不要命的瘋子。

「我們要換據點，六小時後出發，你跟不跟？」

聽到對方這麼說，戴仁佑抖了一下眉毛。

「為什麼突然要換據點？不是才剛來這裡沒多久嗎？」

「這是老大的指示，我哪知道為什麼。」

他一週前才來到這個死者團體，沒想到這群人這麼快就要離開，感覺有點奇怪。

不過他並不是這個團體的一員，根本沒資格過問，其他死者這麼忍受他也只是因為他跟這些人口中的「老大」是舊識。

「總之我話已經帶到，要不要跟是你的事。」

對方在門外說完後，就甩頭走人。

直到確認腳步聲遠去，杜軒才轉過來問戴仁佑。

「你要跟他們走？」

「不，我只是有點好奇原因。」戴仁佑自顧自地低語：「該不會是跟那些傢伙有關吧……如果是的話就麻煩了。」

「那傢伙？」

戴仁佑看著杜軒，原本有些猶豫要不要說，但一想到他若是沒有足夠的情報，反而會陷入危險，最後還是決定告訴他。

「這個地區有群實力比較強的死者，大家都不想跟他們對上，因為那群人都是些怪物，而且不分死者活人，一律攻擊。」戴仁佑大口嘆氣，「死者不會死，因此他們會把人折磨到生不如死，藉此取樂，所以盡量能避則避。」

「也就是說，你的老朋友發現那群人的蹤跡，為了避開才臨時做出這個決定。」

「應該是。」

「這樣的話我們也要趕快走，得避開才行。」

「嗯，等他們離開之後你就能出去了。」

「那我就再休息一下。」杜軒躺回長凳上，閉起雙眼，「記得叫醒我，大叔。」

「……知道了，你睡吧。」

戴仁佑蹲下來盯著杜軒的睡臉，接著開始打量他身上的傷口。

沒辦法，他就好人做到底，替精疲力竭的杜軒好好處理這些擦傷，免得傷口發炎變得更嚴重，他可不想帶個沒辦法自由行動的拖油瓶。

「人都走了，我們也差不多該離開。」

去外面查看情況的戴仁佑回到更衣室，發現杜軒已經換回原本的衣服，也不過才過一個多小時，他就把半乾的衣服穿回去，到底是有多討厭他給的那套？

杜軒抬起頭，有氣無力的應道：「嗯。」

明明睡很長一段時間，可是杜軒卻覺得精神不但沒好起來，反而比剛才還要疲勞，就像是身體的精力被抽光似的。

幸好，只有身體不太舒服而已，腦袋倒是很清楚。

他趁戴仁佑去外面的這段時間裡，仔細思考被拖下水之前發生的情況。

那些像水鬼一樣的怪物，還有不知道從哪冒出來的鐵鍊，就像是早被人安排好在那裡，而且目標非常明確，就是衝著他而來。

徐永遠見到那些怪物的時候顯得很緊張，也明確表現出敵意，再加上那些傢伙只攻擊他的情況來看——估計是衝著他的身分而來，也就是徐永遠提到的「特殊能力」。

包括徐永遠在內，已經有兩個同樣擁有特殊能力的活人死去，奇怪的是，徐永遠明明也是目標之一，為什麼他每次都能活下來？

杜軒很仔細考慮這個問題，當然也懷疑過徐永遠，但直覺告訴他，徐永遠不是敵人，倘若不是因為這樣，他絕對不可能相信徐永遠。

一般來說，怎麼看都會覺得徐永遠才是最危險的，那如果不是的話？

杜軒皺緊眉頭，太過專注於思考的他，沒注意到走在前面的戴仁佑突然停下腳步，整個人就這樣狠狠撞上他紮實的後背。

「呃！好痛！」

他一臉哀怨的瞪著戴仁佑，卻看到他的臉色不太好，馬上乖乖閉嘴。

戴仁佑下意識握緊掛在胸前的步槍，眼神左右飄移，像是在警惕什麼，遲遲不肯往前走。

杜軒哀怨地摸著鼻子，忽然，注意力被水滴聲拉過去。

他們現在剛離開更衣室沒多久，還在體育館裡，雖說除了他們之外沒有其他人，但如此明顯的聲響，多少還是讓人有些害怕。

而且總感覺，不僅僅只是如此。

「……大叔，你聽見沒？」

「廢話，用不著你提醒。」

戴仁佑抓住杜軒的肩膀，將他整個人扛起來之後，加快速度往體育館的門口衝刺，原本還以為會遇到什麼危險，但什麼事都沒發生。

「是不是我們太敏感了？」

杜軒趴在戴仁佑的肩膀上發呆，突然覺得有些羞恥。

他不知道自己膽子什麼時候變這麼小，明明在這種地方待久後應該有抗性才對。

「不，剛才的殺意絕對不是錯覺。」

「殺什麼？你連這種東西都感覺得出來？」

「感覺不出來的話就得死，這是活命的基本條件。」

戴仁佑很擅長這種事，他不認為自己會產生錯覺，他跟杜軒確實被盯上了，他不能確定是什麼，只知道那並不是怪物或是其他死者，而是比這些更危險的東西。

「總之先離開這裡。」

他不打算把杜軒放下來，現在沒時間慢慢帶他散步。

杜軒根本沒有拒絕的權利，被戴仁佑當成沙包晃來晃去，身體還沒好，骨頭就先散光。

他們來到校門口，很不幸的，那裡已經有一群人在。

戴仁佑馬上帶著杜軒躲在建築物後方，與那群人保持距離。

「嘖，這些傢伙來得真快。」

「是你說的那群怪胎？」

「嗯，看來是低估了他們的移動速度，說好六小時左右才會到，現在才剛過四小時而已。」

「怎麼辦？還能出去嗎？」

「我記得有後門。」

戴仁佑扛著杜軒轉移方向，往操場跑過去。

為了閃避那群危險的死者，兩人來到學校後門，不過這扇門卻被拒馬堵住，還用鐵絲層層圍繞，根本沒辦法走。

慶幸的是，旁邊的圍牆並不高，稍微用點力道就能輕易翻過去。

戴仁佑把杜軒放下來，輕巧地爬上圍牆，跨坐在上面朝杜軒伸出手。

杜軒握住後讓他把自己拉上去，不得不承認，戴仁佑的臂力有夠強，能把他一個大男人輕輕鬆鬆提起來。

「你力氣還真大。」

「是你太瘦弱，連點肌肉都沒有，怪不得只會拖累人。」

戴仁佑率先跳下去，打算在下面接住杜軒，但沒想到他才剛踏在地上，腳底就發出「噗哧」一聲，好像是踩進水窪裡似的。

腳底的觸感很微妙，可是戴仁佑還來不及思考那是什麼，整個人就突然往下陷幾公分。

因為是突然下陷，差點沒把他嚇死，而沒有察覺到異樣的杜軒則是坐在牆上問道：「大叔，我可以跳下去了沒？你會接住我吧？」

「別下來！」

戴仁佑大喊，把杜軒嚇了一大跳，也察覺出不對勁。

「大叔？」

「待在上面，不要動——唔！」

腳底下的黏稠液體，像是擁有自我意識，完全捲上戴仁佑的身體，不過短短幾秒，戴仁佑半個身體已經被吞噬進去。

此時，杜軒也看見戴仁佑的情況，臉色鐵青。

「那是什麼鬼東西！」

戴仁佑的嘴被液體遮住，無法開口說話，他眼睜睜看著液體沿著牆壁往上攀爬，輕輕捲住杜軒的腿，然而本人卻沒有察覺到。

下一秒，杜軒被用力往下拽，他的身體不穩歪斜，一個沒坐穩，就這樣從圍牆摔下來，而他摔下去的方向，正好就是戴仁佑的位置。

兩人對上視線，接著就一起被拉入液體中，消失不見。

黑色的黏稠液體像是融化的柏油，看起來很噁心，不時傳出泡泡破裂的聲音。

在完成「任務」後的它，重新凝聚後慢慢鑽入地底，一滴不剩。

「咳！咳咳！」

「靠，真要命！」

戴仁佑和杜軒從水裡衝出來，兩個人的鼻腔都進了不少水，嗆得狂咳嗽。

他看見杜軒咳到連話都沒辦法說，便游過去拽住他的衣服，強行把人拖回岸邊。

等到兩人終於離開水裡後，戴仁佑抬起頭，看著這個地方苦笑。

「媽的，怎麼又跑回來了？」

這裡是他和杜軒重逢的泳池，也就是說，他們又回到這間學校。

「該死的！那鬼東西到底想幹嘛！」

好不容易離開，結果現在又被人莫名其妙帶回來，他戴仁佑的運氣真的是糟糕到極點！

果然只要跟這傢伙扯上關係，就沒好事！

「大、大叔……」

「幹嘛！」

還在氣頭上的戴仁佑，很不爽地轉頭瞪著杜軒，但是當他看到杜軒臉色蒼白地盯著前方後，意識到事情不太對勁。

「碰」的一聲，杜軒被不知道從哪裡冒出來的外力強行推回泳池裡。

泳池濺起的水花就像是大浪，灌在戴仁佑的身上，戴仁佑顧不得發生什麼事，立刻轉身跳下去救人。

泳池下，他看到剛才拽住他的黏稠液體，它現在正壓在杜軒的身上，把他囚禁在底部。

杜軒努力掙扎，可是怎麼樣也無法掙脫，眼看剩下的空氣越來越少，就快要撐不下去。

戴仁佑知道杜軒撐不了太久，如果不想辦法把他從那東西裡面挖出來，就會溺水身亡，這讓他心裡很不是滋味。

隨身攜帶的武器包不知道掉在哪，現在他身上有的東西根本沒辦法拿來對付這個奇怪的黏稠液體，但隨便接近的話，很有可能連自己都會搭進去。

如果他被抓住，就沒人能救杜軒。

當戴仁佑急於想辦法的時候，眼角餘光看到沉在底部的武器包，好巧不巧，正是他弄丟的那個。

他立刻游過去拉開拉鍊，匆忙從包包裡拿出長型注射器，接著轉頭接近杜軒。

當然，這東西沒打算讓他輕輕鬆鬆接近自己，而在水裡行動不太方便的戴仁佑，則是連閃避的想法也沒有，就這樣讓它綑住左腿。

這下有了。

戴仁佑勾起嘴角，迅速彎曲身體，將緊握在手裡的注射器插入這攤液體內。

綑住他左腿的黏稠液體瞬間凍結，並沿著連接的部位迅速往下，不出幾秒鐘時間就將池底的液體完全凍住。

他一腳踹碎左腿的限制，向下潛到杜軒身邊，拉住他之後用腿擊碎纏繞在他身體上的凝固液體。

順利救到人之後，他迅速帶著杜軒往上游，終於回到水面上。

「噗哈！」

戴仁佑沒時間享受氧氣，把杜軒拖到平地後，立刻檢查他的呼吸。

雖然有些虛弱，但幸好還活著。

他替杜軒使用心肺復甦術，不停按壓胸口，直到他吐出水為止。

還好不用人工呼吸，他可不想對男人獻出初吻。

「咳咳、咳咳咳……」

杜軒翻身趴下，幾乎要將肺咳出來。

戴仁佑也累慘，可是他卻沒有時間喘氣。

「……欸，小子。」

他低沉的嗓音，讓杜軒抬起頭。

在救生員坐的高椅上，有個人影，他翹著二郎腿，姿態傲慢，像是在欣賞狼狽不堪的兩人。

光線雖然昏暗，但不至於看不清面孔，然而這個人的臉卻如電視雜訊般模糊，就好像是被刻意隱藏起來似的，唯一能清楚看見的，就只有如弦月般、充滿笑意的嘴。

當他們看見這個人的同時，頓時被一種前所未有的恐懼感淹沒。

戴仁佑見過不少世面，他自己就是個惡人，所以從來不會畏懼任何事，更何況在這裡死者是不會死亡的，這讓他已經快要忘記害怕的感覺——直到今天。

「哈……」戴仁佑不由自主發出笑聲，但他的聲音卻沙啞、帶著些微地顫抖，「真是瘋了……該死。」

比起他，最快冷靜下來的是杜軒。

不知道是不是剛才差點溺水死亡，腦袋進不少水的關係，在第一眼的恐懼過後，他對這個「人」產生了極大的厭惡感。

「你是什麼東西？」

聽到他這樣問，戴仁佑差點沒嚇死。

杜軒虛弱地站起來，全身濕搭搭的他，體溫低到像是剛從冰櫃裡出來。

他的手腳在顫抖，但這不是因為害怕，而是因為沒有力氣。

眼前的黑影人望向杜軒脆弱的模樣，笑得更開心，勾起的嘴角高度超過耳朵，呈現詭異的姿態。

『果然難纏，這樣都還死不了。』

這聲音，杜軒一輩子也忘不了。

是突然把他轉移到精神病院的那個說話聲。

「真抱歉沒能讓你稱心如意，所以，你到底想幹嘛？」

『不是說過嗎？我要你死。』

「沒能死成，真不好意思。」

黑影人發出尖銳難聽的笑聲，似乎覺得反抗他的杜軒很有趣。

他用手指輕輕敲打著椅子旁的扶手，歪頭道：**『沒關係，反正你挺有用的，幫我省下不少功夫。』**

剛開始，杜軒沒聽明白這句話是什麼意思，直到腦海閃過徐永遠的面孔。

「看來你是想利用我引出我的同伴。」

『那個男人擁有的能力很棘手，所以我才把他留到後面再處理。』

「呵，打不贏就打不贏，還用那種藉口來說服自己。」

『……是藉口還是事實，你很快就會知道。』

黑影人的口氣依舊散漫自傲，但臉上的笑容卻慢慢消失。

看樣子是被他說中了。

「你殺我們幹嘛？我們又沒惹到你。」

黑影人摸著下巴，像是審視部下的長官。

『你是真不懂還是在裝傻？』他淡淡地說著，沒等杜軒回答，又開口繼續說：**『看樣子你的記憶就跟其他人一樣殘缺，你……不是“本體”嗎……』**

他像是自在問自答，也像是在整理情報。

杜軒不喜歡他這種目中無人的態度，而且不知道為什麼，他對這個人越來越不爽，就好像跟對方有深仇大恨似的。

他趁戴仁佑沒注意，從他腰上的槍套裡拔出手槍，迅速瞄準黑影人，扣下扳機。

一聲槍響，清楚且響亮地迴盪在泳池區。

黑影人的眉心被子彈貫穿，因為子彈的力道，頭部向後仰。

杜軒射出去的子彈掉下來，直接沉入泳池底部，接著大量的影子撲過來，捲住杜軒的手腕和身體，把他整個人往後推到磁磚牆上去。

碰的一聲巨響，手槍掉落在杜軒腳邊，而他卻完全沒事。

「大、大叔？」

當他抬起頭，發現自己被人抱住之後才意識到，戴仁佑做為墊背，護著他靠在牆上，動彈不得。

戴仁佑嘴角溢血，身上滿是傷，從這個角度來看根本不知道他的傷勢如何。

他笑著咳嗽，老神在在地抬起頭。

「放心，死不了。」

「你嘴裡還冒著血泡，說什麼蠢話。」

「看在我幫你挨了這一下，你就給我閉嘴吧。」

兩人交談不到幾句，黑影又再次撲過來。

這回它壓住杜軒的脖子，力道重得讓杜軒快要無法呼吸。

戴仁佑忍著刺痛不已的傷口，從腰包裡拿出閃光彈，直接扔在地上。

一片閃光之下，影子消失無蹤，同時戴仁佑身後的那面牆也完全碎裂，兩個人就這樣掉泳池外面去。

幸好這面牆後就是體育場外，只要不是在密閉空間，就有機會可以逃離那個莫名其妙的黑影人——

戴仁佑是這樣想的，才剛抱著杜軒起身的他，後腦杓就被冰冷的槍口抵住。

他還來不及轉身，腦袋就被子彈貫穿。

碰。

槍響劃破寧靜，戴仁佑就這樣在杜軒的眼前倒下。

杜軒跌坐在地上，看著眼前這群手持武器的陌生男人，臉色鐵青。

黑影人雖然沒追出來，但是卻遇到更棘手的敵人，運氣果然糟糕到不行。

「……大叔。」杜軒往顏面朝地的戴仁佑看過去，見他一動也不動，頭部滲出鮮血，心都涼了一半。

夏司宇說過，腦部受創的死者需要長時間恢復，他沒辦法指望戴仁佑醒過來保護自己，只能自求多福。

那名開槍射殺戴仁佑的男人，舉起手槍瞄準杜軒的眉心，杜軒的腦袋一片空白，就在所有人的注意力都放在杜軒身上時，早該失去意識的戴仁佑，露出了笑容。

碰！

槍聲響起，然而那把對著杜軒的手槍，卻被人抓住後往上抬高。

子彈射向天空，每個人的目光全都落在這名突然冒出來的男人身上。

杜軒全身無力跌坐在地，瞪大雙眼將男人的身影收入眼底。

「哈。」

驚訝中，他聽見持槍男人叱鼻發笑的聲音，接著那個人皮笑肉不笑地和面前的男人打招呼。

「真是要命的重逢，你不這麼認為嗎？夏司宇。」他壓低雙眸，將對方的憤怒臉龐映入眼簾，「或者，我該叫你『不死的鬣狗』？」

第七夜

黑影人（下）

氣氛降至冰點以下，令人窒息的緊張感，甚至讓人忘記吞嚥口水。

夏司宇用力掐住槍管，始終讓槍口對準天空，說什麼也不讓他用這麼危險的東西威脅杜軒。

男人立刻意識到他想保護杜軒這點，興奮地笑著，腦海裡滿是想要將他碎屍萬段的想法。

身後的同伴回過神來，迅速舉起槍對準夏司宇，瘋狂掃射。

夏司宇眉頭也沒皺，輕鬆將男人推向同伴身邊後，閃開那些子彈，退到杜軒身旁。

「夏……」

杜軒還來不及開口，就被夏司宇拎在手上，直接帶著跑。當然，他沒有忘記倒地不起的戴仁佑，看在他幫忙協助的份上，「順手」將人帶走。

他沒想到夏司宇力氣這麼大，扛著兩個成年男人還能跑得這麼快，當看見那群危險的死者從後面追過來的時候，也顧不得這些問題了。

「夏司宇！那些傢伙窮追不捨的！」

「我知道，你閉上嘴巴，不然會咬到舌頭。」

夏司宇看起來一點也不在意那些人的樣子，但看到他們凶神惡煞從後方逼進的模樣，還是把杜軒嚇得不輕。

不過，很快就出現了比這群狠心的死者還要麻煩的問題。

唰的一聲，地面突然湧出大量地下水，它們混濁著泥沙，因此看起來又黑又髒，不僅如此，還有種黏稠感，就像是之前抓住他的奇怪液體。

過沒多久，杜軒才意識到並不是「很像」，那就是被黑影人操控的黏稠液體！

它如海浪般撲向杜軒三人以及身後的追兵，那群死者似乎發現這東西不好對付，很快就停下來，放棄追逐。

黏稠液體在他們之間行成一條湍急的河流，雖然幫助他們阻斷了對方的追擊，但是並沒有解除危機。

夏司宇垂眼盯著地面，黏稠的液體正「啵啵啵」冒泡，慢慢溢出，花不了幾分鐘，他們就會失去站立的空間。

得先遠離地面才行。

夏司宇這樣想著，並抬起頭四處尋找逃脫位置，很快地他就把目標放在不遠處的教學大樓，一股作氣衝上階梯。

果然，從地底下滲出的黏稠液體僅限於地面，無法穿透水泥建造的建築物。

眼看暫時安全後，夏司宇才把兩人放下來。

戴仁佑還沒恢復意識，而杜軒到是嚇得不輕，腦袋一片混亂。

「你是從哪裡冒出來的？」

夏司宇不可能這麼湊巧地被「轉移」到他身邊來，他總感覺是戴仁佑做了什麼。

「……你果然沒發現。」

「什麼意思？」

「我在你被鐵鍊拉走的時候，用存放靈魂的道具把自己關進去，再讓那個有操控能力的男人把道具放到你的外套口袋裡。」

杜軒想起來了，夏司宇說的是他從另外那兩個軍人死者要來的道具。

看樣子戴仁佑見到他的時候就發現道具，也猜到裡面的人是夏司宇，所以剛才才會替他把夏司宇放出來。

只可惜，那個道具恐怕已經被液體淹沒，找不回來。

「幸好你遇到的是戴仁佑。」

「哈哈……運氣不錯……」

杜軒也只能苦笑。

說到底，還好他第一個遇到的人是戴仁佑，如果是其他死者，那他就真的死定了。

唰拉。

兩人聽見浪聲，同時轉過頭，這才發現整個校園都被黑水淹沒，雖然沒有淹上來，但他們也被困在這棟大樓，無法離開。

「簡直就像是颱風過後淹水的畫面。」杜軒感慨道。

夏司宇嘆氣道：「先找個地方安置這傢伙，有什麼話待會再說。」

杜軒點點頭，把戴仁佑的手跨過脖子，使出吃奶的力氣將他的身體扶起來。

夏司宇看他搖搖晃晃，好幾次都要摔倒的樣子，無奈搖頭。

原本想要過去幫忙，但他卻發現有個紅點出現在旁邊的牆壁上，並迅速往杜軒的方向移動。

比起出聲提醒，身體先一步行動，衝過去將杜軒壓倒在地。

牆壁被強而有力的子彈貫穿，看到牆面碎裂的模樣，杜軒早就被嚇出一身冷汗。

子彈是從哪射過來的！

周圍雖然有其他建築物，但是這裡應該只剩下他們才對，難道說是剛才那群危險的死者？還是說——是黑影人！

很快地，杜軒心中的疑問就解開。

大樓牆面被射過來的勾子貫穿，勾子後面綁著繩索，一直連接到旁邊的樹。

夏司宇黑著臉把杜軒拉起來，強行把他跟戴仁佑推到距離最近的空房間裡，關上門。

接著，杜軒聽見外面有好幾個腳步聲，位置都在繩索附近，看樣子應該是有人利用那條繩索滑到他們這棟大樓裡來，至於對方是誰，不用想也知道。

夏司宇還來不及開口提醒杜軒小心點，面向走廊的窗戶就突然被掃射的子彈打碎。

夏司宇用身體護著杜軒，和他一起躲在窗戶的正下方，而被拋棄的戴仁佑就這樣趴在地上，身體被玻璃碎片覆蓋。

兩人突然覺得有點對不起他，但情況危急，他們顧不了太多。

「大叔這樣有點慘。」

「都什麼時候了，你還擔心別人。」

子彈掃射完畢後，外面安靜了一段時間，夏司宇趁這個空檔把杜軒和戴仁佑拉到原木桌下，這種桌子很能吃子彈，躲在裡面也比較安全。

他只有跟著靈魂一起收入道具中的那把步槍和少量裝備，這點武器根本不可能和對方硬碰硬，必須想辦法減少戰鬥。

在他檢查手槍彈夾內的子彈數量時，房門被人用力踹飛。

腳步聲走進來，總共有四個人，以這人數來看，應該就是剛才強迫隔離開來的那群人。

「不死的鬣狗原來這麼膽小？我還以為是多有膽量的傢伙。」

「雖然聽說過最近有個死者在保護活人，但沒想到居然會是你。」

「哈哈哈！還是說養著比直接殺掉有趣？這樣的話我下次也想養一個來試試。」

相對於吵鬧的三個同伴，為首的男人倒是顯得很冷靜，可是他始終嘴角掛著微笑，一進門就直接盯著原木桌的方向看。

「好久不見，鬣狗。」他用熟稔的口吻向夏司宇搭話，而當他開口的同時，另外三人也很有默契的閉上嘴，往同個方向看過去。

即便沒有直接看著，杜軒也能感受到那些令人顫抖的視線。

「沒想到會在這裡見到你。」男人壓低雙眸，多了幾分銳利感，「更沒想到你現在居然在跟活人鬼混。」

杜軒悄悄抬起頭看著夏司宇的側臉，從剛剛開始他就覺得夏司宇的臉色不太好看，好像非常討厭那個男人。

是認識的人嗎？還是說是仇家？看起來關係不是很好，但好像也沒有很糟糕。

他滿腦子問號，很想向夏司宇刨根究柢，可是當他和夏司宇對上眼的時候，又說不出話來。

夏司宇的眼神像是在對他說「閉嘴」，這讓他根本問不出口。

「我也沒想到會在這裡遇到你，任達。」

夏司宇起身從原木桌後面走出來，男人的同伴見到他，立刻舉起槍，但是卻被男人伸手壓住槍管。

接到「不要出手」的暗示後，三個人顯得意興闌珊，沒有半點活力。

男人上前，夏司宇也主動往前走，兩人站在房間中央安靜地注視彼此，但是氣氛卻很緊張。

他們很安靜，也沒有半點動作，直到突然向彼此揮拳。

兩人手裡都有槍，但很有默契地沒打算使用，就像是站在擂台上，憑拳頭說話。

揮拳的速度很快，閃避的速度更快，他們相當熟悉對方的套路和攻擊方式，拳拳瞄準身體最脆弱的位置。

杜軒原本不敢探出頭來，但他很擔心夏司宇，還是忍不住偷偷窺視。

當他看見兩人打到拳頭出血、渾身是傷，卻不顧濺出地寫繼續出手，而且基本上沒有防禦的強硬打鬥方式，看傻了眼。

這種要命的打架已經完全可以說是鬥毆，而且還是不顧後果的那種。

他很擔心夏司宇的身體會撐不住，可是看上去似乎沒有這個問題。

一記直拳揮出，雙方同時用臉頰吃下對方的拳頭後，房間變得鴉雀無聲。

滴滴鮮血落在地上，兩人大口喘息，休息三秒後突然提眼再次開打。

杜軒從沒看過這麼硬的打架方式，臉色越來越難看，接著他聽見男人的同伴悠哉地聊起天來。

「這傢伙果然跟老大有仇，每次只要是跟他扯上關係，老大就會不爽。」

「聽說鬣狗生前跟老大是同個部隊的，該不會是那時候就不合了吧？」

「有可能哦！老大每次都刻意稱那傢伙『不死的鬣狗』，搞得大家都聽說過這個稱號，反倒是忘記他叫什麼了。」

「你確定不是因為你記憶力不好？」

「閉嘴啦！」

杜軒靜靜聽著這些死者的聊天內容，才終於明白，為什麼明明對於蒐集靈魂沒興趣的夏司宇，會有「鬣狗」這樣的稱號，而且夏司宇又不是那種喜歡跟別人打架的類型，但每個人看上去都對他敬畏幾分。

原來是這麼回事，都是這個叫任達的男人刻意放出去的情報。

「不過鬣狗是真的可怕，能跟瘋子一般的老大打到不分軒輊的，也只有這傢伙。」

「是老大手下留情好嗎！那傢伙才沒這麼強。」

「你別因為打不過鬣狗就說這種話行不行？這樣只會顯得你很愚蠢。」

「我才沒輸給那傢伙！」

「行行行，你高興就好。」

多虧這些無聊到沒事做的死者，杜軒得到不少情報。

說起來，他雖然跟夏司宇在一起很久，卻不是很了解他，沒想到會在這種情況下知道關於他的事。

雖然他知道夏司宇不喜歡這個叫做任達的男人，但這樣互毆下去也不是辦法。

原本只是想想而已，沒想到房間天花板突然坍塌，不偏不倚砸在夏司宇和任達的正上方。

兩人雖然專注於眼前的鬥毆行為，卻也沒有放鬆對周遭的戒備，在天花板塌陷的同時各自往後退開。

水泥塊阻擋在兩人之間，揚起的塵埃也不足以覆蓋彼此的身影，所以他們也能清楚的看見，將天花板壓碎的「物體」是什麼。

那是團像鼻涕般的奇妙液體，身軀全黑，散發出淡淡的酸味，而它碰觸到的地方都被腐蝕、溶解，而這就是天花板坍塌的原因。

在它身下的水泥塊像冰塊般融化，軟軟爛爛地，相當噁心。

「是黑水！老大快閃開！」

「它怎麼爬上來的！」

任達的同伴立刻把人往後拉，但黏稠的液體卻突然將自己的身體往外噴射，就像是原地旋轉的灑水器。

幾人見狀，立刻各自找尋位置躲藏起來，夏司宇也跑回原木桌後面。

射出的黏稠液體將所有碰觸到的東西都融化，接著它攤平自己的身體，完全覆蓋地板，所有人被逼得只能踩在桌子或櫃子上面閃躲，夏司宇也拉著杜軒和戴仁佑躲在原木桌上面。

但，這並不表示安全了。

所有東西都被腐蝕而慢慢下沉，將他們吞噬也只是時間上的問題。

任達和自己的同伴因為距離門口較近，所以很快就能逃出去，但是在房間最內側的杜軒三人卻沒有時間。

那些死者頭也不回，只顧自己安全而離開，根本不想管他們。

夏司宇左右看，尋找其他出路，直到被杜軒拍肩膀，才轉過頭來看他。

他看見杜軒指著天花板的洞，回想起之前在校舍和他初次一起行動的事。

「你能不能別看到有洞就鑽？」

「這棟大樓已經開始崩塌了，先上去後再想辦法離開，至少不會馬上死在這。」

「崩塌？你怎麼知道？」

「你沒聽見奇怪的聲音嗎？」

杜軒一說，夏司宇這才聽見牆壁裡面有著嘎嘎聲響。

夏司宇緊蹙眉頭，沒想到他居然比杜軒還要晚察覺這棟樓的情況。

「看來它腐蝕的地方不止有這裡。」

「嗯，所以我們要抓緊時間。」

「但是要怎麼上去？還得揹這個大叔。」

「……用不著在意我，我能自己爬。」

注意力都放在黏稠液體上的兩人，根本沒發現戴仁佑已經醒過來。

杜軒很高興的轉過頭去，卻看到戴仁佑的額頭還留有被子彈貫穿的傷口，觸目驚心到讓他差點吐出來。

傷口雖然沒有流血，但可以透過它看見後面的牆壁，甚至旁邊還掛著碎肉——不行了，越看他越沒辦法接受。

夏司宇見杜軒臉色不太好，知道他不敢直視戴仁佑，於是便徒手捏碎桌子邊緣的長方形裝飾，直接插進戴仁佑腦袋上的洞裡。

「好痛！」

雖然不會死，但他還是可以清楚感受到被物體貫穿的感覺。

戴仁佑一臉哀怨的瞪著夏司宇，夏司宇卻一點反應也沒有。

「你在搞什麼鬼？這是對待恩人的方式？」

「杜軒會怕。」

「那把我插成獨角獸就沒關係嗎！」

戴仁佑氣到不行，卻被夏司宇無視。

杜軒實在不想管他們兩個人，觀察能夠踩踏的位置後，先一步走下原木桌，小心翼翼靠近天花板的破洞。

幸好水泥塊沒有完全被溶解，凸起的高度離天花板不遠，但他還是需要幫忙才能爬上去。

才剛這麼想，他就感覺到自己的身體被人撐起來，回頭一看才發現夏司宇正抓著他的腰，把他往上抬高。

杜軒順利爬上去，而二樓的房間比他想得還要安全，而且除了這塊地板之外，沒有其他地方被腐蝕。

奇怪了，難道說那個黏稠液體是「突然」冒出來的嗎？

正在思考的杜軒，很快就看到夏司宇跟戴仁佑輕鬆地爬上來，這讓他覺得有點不是滋味，明明都是男人，但他卻笨手笨腳的，就算知道自己體力本來就不是很好，但心裡還是悶悶的。

「你那什麼表情？小子，別發呆，還沒安全呢。」

戴仁佑拍拍他的腦袋瓜，接著走向二樓走廊。

杜軒心情稍微好一點了，看到戴仁佑頭上那根木頭，真的會忍不住想笑。

夏司宇把杜軒從地上拉起來，一起跟在戴仁佑身後。

三人來到走廊，往下一看，這才發現大樓外的地面已經恢復原樣，看樣子剛才那些死者已經趁這個機會逃走了。

「跳下去？」

戴仁佑轉頭向夏司宇提議，根本沒打算問杜軒的意見。

夏司宇檢查周圍的情況後點點頭，「這裡不知道什麼時候會崩塌，能走就盡快走。」

「了解。」

戴仁佑跨出去，輕而易舉地跳下去，夏司宇也抱住杜軒跟在後面。

三人安然無恙地踩在地上，接著迅速與大樓拉開距離。

沒過多久大樓就開始發出嗡嗡聲，朝他們的方向傾斜，幸好動作夠快，要不然不是摔成肉餅就是被壓成肉泥。

這也代表那個古怪的液體，有多麼強大的腐蝕性，居然能在這麼短的時間內破壞大樓的鋼骨，花不到短短幾分鐘就讓它倒塌。

「去哪？」

「往這走。」

兩人明明有段時間沒見，默契卻很好，夏司宇簡單的提問，立刻就得到回答。

戴仁佑打算趁這個機會從大門離開，至少得遠離在泳池見到的那個奇怪黑影人，直覺告訴他，那是他絕對不想撞見的危險。

可惜，天不從人願。

三人來到校門口的時候，黑影人已經站在那裡等待他們。

戴仁佑和夏司宇一感受到對方的存在，同時舉起槍對準黑影人。

身為「狩獵者」的直覺告訴他們，眼前的危險相當致命。

「那是什麼？」初次見到黑影人的夏司宇，不由得冒冷汗，這是他第一次感覺到這麼令人窒息的殺氣。

戴仁佑不快咋舌，「你不會想知道的。」

杜軒站在兩人身後看著黑影人，那張臉雖然沒有眼睛，但他總覺得自己被盯著看。

黑影人想殺死他，是不是跟徐永遠提起的「特殊力量」有關？

三人的目光緊緊鎖定在黑影人身上，完全沒有注意到影子裡面有東西正在蠢蠢欲動，當黑影人揚起嘴角的瞬間，影子裡鑽出黑色鐵鍊朝杜軒撲過去。

碰碰。

兩聲槍響，戴仁佑和夏司宇兩人同時轉身開槍。

鐵鍊被射穿，不是成為碎片，而是像粉墨般消散在空氣中。

杜軒下了一跳，瞪大雙眼看著兩人——更正確來說，他並不是在看戴仁佑跟夏司宇，而是花不到半秒時間就從門口移動到兩人身後的黑影人。

黑色鐵鍊從黑影人的身體裡衝出來，讓他們在維持舉槍姿勢的狀態下，限制他們四肢的行動，原本對準影子方向的槍口，慢慢往上挪動到杜軒的面前。

夏司宇和戴仁佑驚覺黑影人想做什麼的同時，手指不由自主地扣下扳機。

碰碰。

同樣的兩聲槍響，但這回開槍的人卻是臉色鐵青。

「小子！」

「杜軒！」

兩人同時大喊，他們怎麼樣也沒想到會變成這樣。

杜軒知道自己無法閃躲，緊閉雙眸，下意識抬起手臂遮擋。

原以為被槍擊中會很痛，但實際上並不如想像中那般，令他錯愕。

睜開眼，視線前被綠色的樹藤覆蓋，做為盾牌替他擋下子彈。

意外出現熟悉的樹藤，杜軒和夏司宇都看傻了眼，腦袋同時浮現徐永遠的臉，唯獨戴仁佑搞不清楚狀況。

黑影人的嘴角下彎，沙啞的喉嚨發出難聽的低鳴，像是在釋放怒火。

『該死的男人。』

說完這句話的下一秒，地面鑽出許多樹藤，直接貫穿它的身軀。

黑影人化作煙霧，搖搖晃晃之後消失不見，而纏繞在夏司宇和戴仁佑身上的黑色鐵鍊也隨之消失。

獲得自由的兩人，第一時間衝向杜軒，兩人神情慌張地抓住他的肩膀，親自檢查他的狀況，直到確認沒有大礙後才鬆口氣。

戴仁佑扶額，「媽的，嚇死我了！」

「還好你沒事……」夏司宇虛脫地低下頭，一向冷靜的他，難得如此慌張。

杜軒很感激他們，不過最讓他感謝的，是乘坐在捕蠅草怪物上，從校門口進來的徐永遠。

「看樣子我趕上了。」

徐永遠從捕蠅草身上跳下來，接著牠們便自顧自離開，樹藤也鑽回地底。

他急匆匆走向杜軒，對周圍還有些警惕。

「先離開這裡，我還能聽見那傢伙的『聲音』。」

杜軒點點頭，三人便跟著徐永遠離開，到他所謂「安靜」的地方去。

徐永遠的出現，完全在杜軒的意料之外，他沒想到從危險當中救出他們的竟然會是同樣身為活人的徐永遠。

他的力量真的很強，怪不得黑影人會對他有所戒備，唯獨留下徐永遠的命，而沒有將他殺死。

徐永遠藉由「心聲」的能力確認周圍沒有其他人之後，帶他們進入一間義式餐廳。

透過義式餐廳的玻璃窗可以看清楚裡面的動靜，不得不說，還挺詭異的。

爐子上有鍋子在煮，甚至還能嗅到食物的香味，就好像上一秒這裡還有人住在這，但不知道為什麼消失不見。

戴仁佑把瓦斯關掉後，抬起頭看向座位區的三人。

夏司宇小心替杜軒拆開繃帶，果然因為一直受傷加泡水的關係，傷口有些發炎，或許是因為這樣，杜軒的體溫稍微有點高。

「稍微休息一下吧，你需要接受治療。」

徐永遠從包包裡拿出醫藥盒，蹲在杜軒面前，小心翼翼替他處理傷口。

原本對徐永遠還有些敵意的夏司宇，不但沒有阻止，也沒有強硬地黏在旁邊，而是退到門口附近的座位，專心清算自己手邊剩下的武器數量。

戴仁佑坐到他面前，翹著二郎腿盯著杜軒和徐永遠看。

「那傢伙是誰？我從沒見過有能夠控制怪物的活人。」

「你沒事做的話就去找點冰塊給杜軒降溫，他有點發燒。」

「我才剛坐下你就趕我？」戴仁佑指著自己額頭上的木頭，「是誰把我插成這樣的？啊？虧我還好心幫你救人。」

夏司宇提眸看了他一眼，二話不說伸手把插在他眉心上的木頭拔出來。

這一拔，戴仁佑差點以為自己又要去見閻羅王，真心痛到讓他在地上打滾。

「姓夏的！你就不能溫柔點？」

「你如果想要繼續當獨角獸，我就幫你插回去。」

「敢給我再來一次試試看！我一槍打死你！」

「先把你的腦袋包起來，免得杜軒看到會不舒服。」夏司宇轉頭盯著櫃檯方向看，提議道：「那邊有滿多麵皮，不然你拿來塞傷口。」

「讓我自然康復是會怎樣！肉又不是長不回來！」

「我怕以你的年紀，長回來需要花很多時間。」

「老子跟你差不多大好嗎！」

兩人爭執的聲音，大到整個餐廳都能聽見，當然也傳入杜軒和徐永遠的耳裡。

即便徐永遠聽得見內心的聲音，但這兩個人嘴裡講的跟心裡想的都大同小異，所以他比杜軒多聽兩次，早就已經懶得理會。

「你是怎麼找到我們的？」

徐永遠在替他擦藥的時間裡，杜軒忍不住問。

他原本以為要跟徐永遠分開，沒想到這麼快就又再次和他見面，難道說其實他並沒有被傳送到太遠的地方？

「就跟你想的一樣，那間學校和公園距離不遠，多虧這樣我才能趕上。」

「我還沒謝謝你幫了我。」

「不用，只要你能活著就好。」徐永遠垂眼，將最後一處傷口包紮完畢後，起身坐在杜軒身邊，「那傢伙已經殺了我們的兩個同類，我不能再讓他繼續下去。」

「你知道是那個黑影把我抓走的？」

「嗯，我不是第一次見到它，我想它應該也跟你解釋過。」徐永遠轉過頭來，認真地說：「我問你，你相信我嗎？」

杜軒愣了下，點點頭。

「信。」

簡單一個字，卻讓徐永遠倍感心安。

「那我就告訴你，那傢伙是誰，還有我跟你究竟為什麼被困在這。」

「在這種情況下談安全嗎？」

「放心，有什麼動靜我會先知道。」徐永遠指指自己的耳朵，露出無奈的笑容，「天曉得我們還能活多久，所以，得先讓你明白狀況後，想辦法讓你能夠自由使用特殊能力。」

看徐永遠的態度，估計已經知道自己的能力是「預知」，在擁有「心聲」能力的人面前，任何秘密都無法隱藏。

安靜的義式餐廳裡，只剩下徐永遠的說話聲，清楚且明確地傳入他們三人耳中。

在聽完徐永遠說出口的情報後，三人都陷入沉默，臉色最難看的戴仁佑尤其不爽。

媽的！沒想到他竟然會被捲入這麼麻煩的事情裡，他的運氣果然很背。

徐永遠看著杜軒面色慘白的表情，以及內心複雜的聲音後，輕輕地嘆口氣，往旁邊的位置走過去，打算給杜軒空間讓他好好思考。

然而他的用心卻沒有被夏司宇發覺，夏司宇安靜的走到杜軒面前，而杜軒也只是抬起頭盯著他看。

「沒事吧？」

「……大概？」

杜軒不是很確定自己現在的感覺，只能用懷疑的口吻回答他。

夏司宇伸手摸摸他的頭，像是在給予安慰和鼓勵，讓他焦躁的心稍微得到安慰。

他掃視杜軒身上的傷口，將手掌往下貼在他的額頭上。

「果然，你在發燒。」

「冷冰冰的好舒服……」

杜軒貪戀夏司宇冰冷的體溫，大量思考加上傷口發炎而產生的低燒，讓他終於體力不支，身體向前癱軟倒下。

夏司宇用手臂圈住他，接著把人抱起來，帶到裡面的沙發區。

戴仁佑看出夏司宇的想法，走過去把兩個沙發椅面對面併攏，鋪成簡單的床讓杜軒躺下。

他們很熟練地照顧著發燒的杜軒，而徐永遠則是翹著二郎腿，看著他們忙進忙出，覺得自己好像在看世界奇觀。

死者居然會這麼照顧活人，真的很不可思議，杜軒究竟有什麼樣的魔力能吸引兩個死者費心保護他？害他有些羨慕。

「你們兩個真是奇怪的死者。」

「臭小子你閉嘴。」

戴仁佑不想被當成夏司宇的同類，立刻反駁徐永遠，但他卻又溫柔地將冷毛巾蓋在杜軒的額頭上，矛盾的行為和態度，反而令徐永遠哭笑不得。

夏司宇盯著杜軒的臉看了一會兒，接著轉頭面向徐永遠。

「你剛才說的都是真的？」

「我沒有騙你們的理由，再說，這都是我透過能力獲得的情報。」

「……是嗎。」

「知道我跟杜軒是什麼樣的存在後，你們還打算繼續跟著他嗎？」

戴仁佑聳肩，捨棄回答，而夏司宇則是陷入沉默，不斷反思徐永遠提出的疑問。

無法立刻回答「會」這個事實，明確表達出此刻的自己是猶豫的。

死者被迫在這的如同地獄般的世界，不斷藉由獵殺他人、奪取靈魂來讓自己重回人間，表面看起來似乎是很普通、對他們沒有損失的事，但實際上他們根本沒想過自己為什麼「必須」做這些事才能離開。

直到徐永遠說的那些話，才讓他開始重新思考。

雖然他還沒有辦法回答徐永遠的問題，不過至少他們確定了一件事。

那就是杜軒不斷被拉回這場遊戲的「理由」，遠遠超出預期。

第八夜

渡假村（上）

休息一晚後，杜軒很快就退燒了，雖然精神還有些不太好，但沒有太大的影響。
四人在商討過後決定先回到杜軒跟夏司宇的據點，重新擬定接下來該如何行動，另外就是，杜軒很擔心這段時間裡梁宥時是否還安全待在那。
按照徐永遠所說的話，杜軒判斷梁宥時很有可能也跟他們一樣擁有特殊能力，懷疑的理由很簡單，因為梁宥時遇到的情況很奇怪。
徐永遠在聽說梁宥時的情況後，也同意杜軒的懷疑，如果是同類，那就更不能放他一個人獨處。
出發後，杜軒和徐永遠並肩走在隊伍中間，戴仁佑和夏司宇則是分別走在前後，由於額頭上的彈孔還沒完全康復，戴仁佑就隨便撿了頂鴨舌帽戴上，湊合著用。
之前因為發燒的關係，杜軒沒有辦法細問徐永遠關於黑影人的事，便趁這個機會和他討論。
「那個奇怪的人影為什麼會害怕你？」
「因為我的能力能聽見很多祕密，而那些是他想隱瞞的。」
「所以你才會知道這麼多？」
「要不是這樣的話，我恐怕早就死了。」
徐永遠嘆口氣，轉頭對杜軒說：「我覺得有點意外，沒想到在聽完我昨天說的話之後，你還能這麼冷靜，明明是很難消化的事實。」

「也沒什麼。」杜軒搔搔頭髮，「我本來就有點懷疑，所以聽完你講的話之後再仔細想想，那些始終沒搞懂的問題就能得到答案。」

昨天，徐永遠告訴他這個地方是靈魂的歸屬，雖然人們對這裡有很多相關稱呼，像是「地獄」、「陰間」，或是「黃泉」之類的，但總歸來講都是同個地方。

靈魂進入這個地方之後，過段時間就會回到活人的世界重生，再次擁有肉體與生命——然而，這是以前的情況。

這個空間本來就有管理人在，可是不知道從什麼時候開始，管理人莫名其妙開始將靈魂分門別類，將瀕死的靈魂拉入，挑選強大的靈魂去進行獵殺，並要求這些靈魂在吸收一定量的活人靈魂後才會讓他們再次擁有肉體。

後來徐永遠調查後發現，這個所謂的「管理人」已經被人消滅，而消滅它的就是攻擊他們的黑影人。

「管理人」在死前將自己的靈魂切割，把力量藏於靈魂碎片之中，投入活人世界，而這些擁有靈魂碎片的活人，就是擁有特殊力量的他們。

這個情報，解釋了為什麼黑影人如此執著地想要殺死他，也明白徐永遠之前遇到的那些人為什麼會被殺死。

黑影人想要追殺並併吞「管理人」的力量，如此他就能真正掌控這個空間。

光聽徐永遠的片面說詞，很難讓人相信這件事是真的，但杜軒遇到太多難解釋清楚的事情，而且對於初次見面的他，總會不由自主地想要去相信。

他不認為徐永遠會說謊，也不覺得他說的都是唬人的謊言，只是對於自己就是「管理人」的靈魂碎片這件事，久久難以釋懷。

比起他，夏司宇和戴仁佑倒是沒針對這件事發表任何意見。

與其說他們相不相信徐永遠說的話，不如說他們覺得是真是假一點也不重要。

坦白講，杜軒還真有點羨慕他們這種不在乎的態度，身為事主之一的他，真的很難不去在意。

最後杜軒決定跟徐永遠站在同個陣線上。

他將自己的想法告訴夏司宇，畢竟他一路保護、陪伴自己，所以他不想隱瞞。

夏司宇依舊沒有什麼反應，就只是摸摸他的頭，說了一句「我知道了」而已。

在那之後夏司宇也沒有提起這件事，就這樣到了現在。

徐永遠笑道：「果然我們幾個人對這件事的接受度比普通人高很多。」

「你之前遇到的那兩個人，跟我的反應一樣？」

「嗯，差不多。至少都是願意相信我。」

「你是什麼時候知道這些事的？」

「第一次見到那個傢伙的時候，我就聽見它心裡有許多聲音，最多的一句話就是要我逃走，不要被它抓到，所以我選擇逃跑，但那些『心聲』沒有停止過，我從來沒有接收過這麼大量的聲音，結果就昏過去了。」

「昏過去？這樣不是很危險嗎？」

「嗯，很危險，但有怪物保護我所以沒有遇上什麼麻煩。」

「……你從一開始就能控制怪物？」

「與其說控制，倒不如說那些傢伙會主動靠過來，不會攻擊但也不會保護我，只是大部分的人都會迴避有怪物在的地方，怪物如果沒有動靜的話，死者也會認為這裡沒活人而不會接近。」

「你的遭遇跟別人還真不一樣。」

「可能我本來就很熟練，你是不是不太會控制自己的能力？」

「對，它斷斷續續的而且都是突發，我沒辦法自由控制。」

「之後我會教你怎麼做。」

「那我是不是還得叫你一聲老師。」

「這倒不必。」

徐永遠敬謝不敏，他只是不想讓杜軒死掉而已，只有幫助他熟練，才有辦法保護自己不被黑影人殺掉。

「那傢伙很忌諱我的能力，一開始就把我丟到這個地方，幾次跟它接觸後，它似乎知道我會聽見它的想法，就放棄追殺我了。」

「原來如此，所以你出現後它才會立刻消失不見。」

「嗯，我知道他會閃，只有我跟著你你才能安全。」

「那你之前遇到的兩個人怎麼會死？」

「那傢伙總有辦法把我們分開，畢竟這個地方是他在控制，死者也都聽它的命令，我能自保，但沒辦法保護其他人。」徐永遠看著走在前面的戴仁佑，「但你不同，有死者願意保護你、跟你待在一起。」

「我也只是運氣好。」被徐永遠這樣講，杜軒反而有些不好意思。

「話說回來，這兩個人為什麼會乖乖陪著你？」

杜軒搖搖頭，坦白回答：「我不知道。」

他沒說謊，是真的不知道夏司宇跟戴仁佑的動機，之前他不在乎，現在也一樣，而且在徐永遠面前說謊一點用也沒有。

徐永遠盯著杜軒，「先跟你說，我不是隨時隨地都能聽見『心聲』。」

「嗯？不是嗎？我還以為你已經練到爐火純青。」

「我是很熟練沒錯，但沒事我不會一直發動能力。」徐永遠豎起食指，解釋道：「你可以想像這個力量有個開關，沒在用的時候就把它關起來，聽『心聲』會讓我消耗大量精神，所以我平常沒事不會總在使用它。」

「這形容還蠻具體化的。」

「因為你也可以這樣做，你跟我的力量很類似，是屬於那種隨時處於使用中的狀態下，所以更需要練習收放。」

「先等我找到打開它的開關再說吧。」

杜軒很無奈，如果能像徐永遠這樣自由收放，那麼就會對他們很有幫助，他也能像之前那樣提早預知危險，保護夏司宇。

「特殊能力的使用記憶本來就存在於『管理人』的靈魂碎片裡，所以不會很難學。」

「這是過來人的感想？」

「對。」徐永遠摳摳臉頰，「不過我是在來到這裡前就已經會了。」

杜軒有點不爽，這話有說跟沒說一樣，害他好不容易燃起的希望，被徐永遠硬生生澆熄。

「你……到底是做什麼的？」

「想知道的話，等我們離開這裡之後再給你名片。」

徐永遠神秘兮兮的態度，看上去似乎會讓人好奇心爆棚，卻只讓杜軒產生想要揍人的衝動，不過他的注意力很快就被其他事情拉走。

戴仁佑不知道看到什麼東西，突然開心的跑到對街去，留下三人面面相覷。

「哇賽！運氣真不錯，欸！你們快過來！」

戴仁佑把對街路邊的防水布掀開後，三人馬上就明白為什麼他會這麼高興。是兩台機車，而且完全沒受損、幾乎全新。

「這裡居然還有機車？」

杜軒來到這裡好幾天，從沒見過車輛，這個發現令他感到意外。

相反地，徐永遠倒是不太驚訝。

「大概這裡比較偏僻的關係，沒什麼死者，那群老鼠也不在這附近活動，所以才能保留得這麼好。」

他跑到對街，和戴仁佑一起檢查兩台車。

當他們發現鑰匙就插在上面、而且發動沒有問題的時候，就像是看到新大陸。

太棒了！終於能夠擺脫步行地獄！

杜軒和夏司宇遠遠看著兩人雙眸閃閃發光的模樣，無奈地相視而笑。

看樣子結論很明顯，接下來可以安心地靠機車代步。

「你會騎嗎？」

「會是會，但那是檔車吧？」

杜軒走過去之後，發現不是常見的普通重型機車，冷汗直冒。

三人同時盯著他看，然後轉頭討論開由誰來載杜軒。

沒想到只有自己不會騎，杜軒覺得就男人的面子來講，他輸了。

討論很快就得出結論，不意外的，是由夏司宇來載杜軒，至於另外一台則是由徐永遠來載戴仁佑。

徐永遠可以靠「心聲」來操控怪物戰鬥，而戴仁佑則是需要使用槍枝，所以對他們來說那樣的安排是最好的組合。

杜軒覺得自己有點在拖後腳，一臉尷尬的爬上後座。

「對不起……」

「怎麼了？」

夏司宇困惑地回頭，他不懂杜軒好端端地為什麼要道歉。

「照理來講我騎會比較好。」

「但你不會。」

「呃、早知道之前同事說要教我的時候就該去學一下。」

兩台車同時啟動，騎上道路，載者滿心苦惱的杜軒前進。

徐永遠先騎在前面，領一小段路之後，馬上就來到夏司宇熟悉的地區，改成由他騎在前面。

杜軒在後面探頭探腦，沒戴安全帽騎車的感覺莫名讓人心慌，他只能緊緊抱住夏司宇，不過夏司宇的技術很好，雖然速度快，但一路都很穩定。

他很想像夏司宇這樣帥氣地騎檔車，不過想像了一下自己騎車的畫面後果斷放棄，因為再怎麼樣他也不可能比夏司宇還帥。

「啊，是公園。」

當夏司宇騎到公園外側的時候，杜軒立刻就認出來。

原來公園是在山丘下方，看來坍塌的武器庫是在那上面，所以他們才會被樹藤拉到底下的山洞裡。

他原本還以為是地底，原來是山丘，這個空間的地理位置真的很詭異，害他很難習慣。

兩台車騎上山丘，很快就來到另外一條街道，這裡的路面就變得不太好騎，不但有很深的裂縫，還有高低斷層。

「看來這裡也發生過地震。」

「嗯，我們離開前路還是好的，看來那些怪物並沒有停止攻擊死者和活人。」

夏司宇放慢速度，騎在後方的徐永遠靠過來，看到路面的情況後，無奈嘆氣。

「要換條路走嗎？」

「……不，那樣太花時間。」

「馬路變成這樣很難前進，我怕還沒騎到目的地，杜軒就先吐你一身。」

杜軒點點頭，十分認同徐永遠的話。

很可惜，夏司宇似乎不打算改變自己的決定。

「繼續往前，放慢速度，留意四周。」

最後四個字，他是刻意說給戴仁佑聽的。

戴仁佑很快就理解夏司宇的意思，稍稍壓低鴨舌帽回應。

因為從這個地方開始，就會有很多死者，帶著兩個活人的他們不得不留意，要是再遇到任達那夥人，或是其他死者團體，行動就會變得很困難。

兩台車再次往前進，騎差不多五分鐘的路程後，前面出現隧道。

杜軒記得他們在來的時候，這條路上根本沒隧道，很顯然這條隧道通往的絕對不會是什麼好地方。

「等等。」徐永遠騎到夏司宇旁邊，兩人用緩慢的車速邊前進邊交談，「這個隧道不太對勁，要不要調頭？」

徐永遠也知道這附近的路，所以他很清楚隧道的存在「不正常」，便使用「心聲」偷偷聽裡面的情況，結果令他意外。

隧道裡面很安靜，什麼聲音都沒有，不但如此，這附近也空曠到沒有半個人存在，這很奇怪，因為這裡照道理來說是死者活動的範圍才對，不可能沒人。

「這裡沒有人在的原因，該不會是因為它？」

徐永遠的懷疑很合理，可是除這條路之外，沒有其他路能走。

他們騎過來的路突然下陷，深度約兩層樓高，他們不可能有辦法轉頭離開，只能往前走。

「……沒辦法了，前進吧。」

夏司宇決定進入隧道，徐永遠聳肩，乖乖跟在後面。

隧道裡面很暗，就算開車燈也很難照出前方的路，因為不僅僅只有黑暗而已，還有像煙霧般的薄霧影響了視線。

幸好隧道不長，很快就到出口，但親眼見到外面的景色後，四人頓時傻眼。

房子、水泥人行道、柏油路面，全都不見蹤影，取而代之的是只有一台轎車寬度的山間小徑，旁邊則是沒有任何安全防護的山崖。

「這、這是哪裡？」

「我的天……該不會這條隧道通到什麼奇怪的地方去了吧！」

徐永遠和杜軒一前一後驚呼，比起自己身在何處，杜軒更擔心沒辦法回到之前的地方，要是回不去的話，那在房子裡等待他們的梁宥時該怎麼辦！

當他們想要退回隧道裡的時候，身後的隧道卻不見蹤影，取而代之是將路完全淹沒的濃霧。

除了前進，他們別無選擇。

夏司宇和徐永遠緩慢往前騎，因為是山路的關係，路面不是很平穩，沒辦法加快速度，隨著路面變得越來越窄，前方不遠處也出現了陌生的屋頂。

當他們來到這個屋頂的所在位置後，立刻就聽見瀑布的聲音，而且這裡的溫度很明顯比之前要低很多，讓人忍不住打冷顫。

明明沒有下雨，但沉重濕氣卻讓人覺得皮膚變得黏膩，很不舒服。

「這裡怎麼會有這麼大的房子？」將機車停好後，徐永遠走到杜軒身旁，皺緊眉頭，「總有種不祥的預感，希望只是我太敏感。」

眼前這棟看起來很霸氣的五層木屋，很像是渡假村之類的地方，尤其旁邊還有露臺，大門口則是有像是接待處的櫃檯。

夏司宇和戴仁佑很確定附近沒有死者，安全起見，徐永遠也用「心聲」先行探測裡面有沒有人。

跟進入隧道前一樣，沒有半個人。

彷彿整個空間只剩下他們四個人，感覺很奇怪。

「既然把我們逼到這裡來，就表示肯定有什麼。」戴仁佑打了個噴嚏，吸吸鼻子，「嘖！外面冷死人了，進去吧？」

安全起見，夏司宇和戴仁佑走在前面，一行人就這樣進去裡面。

果然他們沒猜錯，這裡確實是渡假村，整棟屋子都是用木頭建造的，跟這種潮濕陰冷的地方非常不搭。

一樓沒什麼好看的，所以他們直接上有露臺的三樓。

三樓這裡像是個咖啡廳，旁邊就有很漂亮的瀑布，可以坐在這裡邊吃東西邊欣賞風景，如果不是冷到可以讓人結冰的話，這裡倒是不錯的休閒場所。

「真是寒酸的地方。」戴仁佑忍不住抱怨。

夏司宇看也沒看他一眼，認真地將餐廳裡的木製椅子折斷，利用它們做成小火堆，杜軒從包包裡拿出打火機，撕開床單後點燃，塞入木堆中。

很快地，火從裡面冒出來，四個人就這樣圍著它取暖。

「我們該不會被困在這裡了？」杜軒歪頭問徐永遠。

徐永遠很無奈地回答：「可能是那傢伙搞的鬼，它雖然不會出現在我面前，但都會用這種小手段來限制我的行動，之前我也是因為這樣被迫和其他同類分開。」

「好吧，至少我們還在一起。」

「如果說它這次的目的是你想回去找的那個人，我們就不能這麼輕鬆。」

其實杜軒也是這樣想，只是比起擔憂，更多的是心有餘而力不足的無力感。

他們最後選擇待在一樓的房間裡休息，考慮到會有突發事件發生的情況，他們覺得一樓會比樓上的房間安全，而且一樓大多都是家庭房，還附有小庭院，能夠直接欣賞瀑布。

漂亮是漂亮，但很冷，不過這個問題可以靠生火來解決。

「在這邊苦惱也不是辦法，先休息吧。」

徐永遠拍拍杜軒的頭，轉身走向後方的床，撲倒後秒睡，看得出來他真的很累。

杜軒回頭看夏司宇，原本是希望能夠聽到他的意見，沒想到夏司宇卻會錯意，誤以為杜軒是因為太累沒力氣起身，便二話不說將他橫抱起來。

「哇！你、你在幹嘛？」

「不是沒力氣走路？」

「才不是！我是想問問你的意見！」

「等你睡飽再說。」

夏司宇面無表情地將杜軒送上床，強迫把人塞進棉被裡，綑成毛毛蟲才放心。

留在火堆前的戴仁佑看到夏司宇這麼小心翼翼地照顧杜軒，真心不懂自己究竟是看見什麼樣的畫面。

戴仁佑調侃道：「你這保母越做越順手了啊，鬣狗。」

夏司宇轉過頭來，皺起眉頭，緊緊盯著戴仁佑的腦袋瓜看。

戴仁佑頓時寒毛直豎，那眼神是想把他扎成刺蝟，而不是獨角獸啊！

「行行行，老子閉嘴。」他起身往房門口走過去，「雖然確定這房子沒有其他人，不過安全起見，我去附近站崗，免得有什麼突發情況。」

夏司宇看著戴仁佑，沉默幾秒後，緩緩開口。

「你為什麼還要跟著我們？」

「……什麼？」

戴仁佑很驚訝，他沒想到夏司宇居然會這樣問，但很快地他就明白夏司宇為什麼會這麼問。

「你本來就不想跟我們一起行動的不是嗎？我還以為分開後，你就不會再管他。」

「拜託你別老是把我當壞人行不行？」戴仁佑搔搔頭，大口嘆氣，「你能陪在這小子身邊，我就不行？」

夏司宇皺緊眉頭，眼神凶惡，「不行。」

戴仁佑有點被他這種強硬的態度惹怒，「你到底什麼意思？那小子身上有寫你的名字是不是？」

「戴仁佑，我懷疑你的原因你自己很清楚。你是獵捕靈魂的獵人，不可能突然轉性，對活人好。」

戴仁佑瞪大眼，被夏司宇說的話點醒，但老實說他真的沒想太多。

在和杜軒重逢之前，他早就已經開始對獵殺靈魂這件事情感到興趣缺缺，要不然也不會幫忙那兩個大學生逃出去，現在連他自己也很難解釋，為什麼會突然產生這種想法。

杜軒毫無預警出現在還沒想清楚理由的他面前，當下他的腦袋只想到一件事——別讓他死，他不知道為什麼自己會這樣想，所以乾脆順從自己的直覺，幫了杜軒一把。

要不是他，杜軒恐怕沒那個命和夏司宇重逢，但這傢伙卻還把他當成壞人，這令戴仁佑很不滿意。

「我對誰好關你屁事，反正我就是不可能對你這根木頭好。」戴仁佑指著夏司宇的鼻子大罵：「別以為就你一個死者愛當好人！老子就是想護著那小子，你管不著！」

說完，戴仁佑就跑出房間，從走廊還可以清楚聽見他用力踩踏地板的聲音，看起來是真的被夏司宇氣到了。

夏司宇並不在意戴仁佑的心情，不過當他轉過頭看到被包成毛毛蟲模樣的杜軒兩眼發直的盯著他看的時候，突然有些心虛。

「不是要你休息嗎？」

「你們吵成這樣我最好是能睡得著。」

「徐永遠不就睡到打呼？」

「他用太多能力所以才會秒睡，我又沒有。」

「……所以你是想要說什麼？」

夏司宇知道杜軒大概是想責怪他對戴仁佑的態度，但他不會後悔，也不會道歉。

杜軒就是人太好，萬一他真的被利用的話怎麼辦？

死者不畏懼死亡，可是活人只有一條命，死了就什麼都沒有，這道理杜軒不可能不懂，為什麼它還能用這麼無所謂的態度面對死者？

無論是戴仁佑，還是之前遇到的那些死者，以及——

「話說回來，我一直沒機會問，你是不是認識那個叫做任達的男人？」

剛想到這個名字，沒想到下一秒就聽見杜軒說出口，夏司宇有些慌張地轉過頭。

杜軒裹著棉被，曲身跪坐在床上，看起來還真的挺像毛毛蟲，有種喜感，可惜夏司宇卻笑不出來。

明明是那麼危險的情況，沒想到杜軒還能清楚記得這麼多細節，換做是其他活人恐怕早就已經被恐懼淹沒，不會這麼冷靜地和他交談。

一想到這，夏司宇就忍不住扯動嘴角，笑了笑。

是啊，杜軒就是這種個性，正因為什麼都不怕，也不會因為慌張而失去判斷力，他才會被他的勇氣吸引，選擇保護他。

想著至少杜軒沒再責怪他質疑戴仁佑的事，便乖乖回答。

「那傢伙生前跟我是同部隊的。」

「欸！不會吧？世界真小！」

杜軒瞪大雙眼，驚訝不已，沒想到夏司宇運氣這麼好，死後還能遇見認識的人。

不過從兩人當時的情況來看，肯定不是朋友，但在同個部隊裡的話，為什麼會看起來很像是想把對方殺掉的樣子？

雖然很想再問得更清楚點，但杜軒總覺得詢問夏司宇生前的事情不太好，畢竟誰都不願回想起自己死亡時的情景。

他那點小心思，夏司宇即便沒有「心聲」的能力也能看得出來。

「你不必在意，我只是和他有點過節。」

「……嚴重到想殺死對方的程度？」

「差不多吧。」

杜軒緊張得冒汗，直覺不該再繼續問下去。

他發現夏司宇一直盯著他看，便抿著唇對他說：「放心啦！我不會再問了。」

「不，你問也是應該的，我反而想趁這個機會讓你問清楚。」

杜軒不由得苦笑，看來夏司宇並不是很在意。

「你對我半點秘密都沒有，沒問題嗎？」

不是「沒關係」而是「沒問題嗎」，這讓夏司宇嘴角又上揚幾度。

杜軒就是這點好，都這種時候，還在關心他，明明都快顧不得自己的事了。

「沒關係。」

是錯覺嗎？杜軒覺得夏司宇的聲音聽起來有幾分溫柔，這跟他的形象很不搭。

杜軒眨眨眼，向後倒回床上，用行動表示自己放棄追問下去。

夏司宇見他總算願意休息，便拿起放在地上的木棍，稍稍挪動眼前的柴火，繼續替顧火堆，免得熄掉後房間溫度降低，讓才剛退燒沒多久的杜軒又感冒。

杜軒和徐永遠睡覺的幾個小時裡，夏司宇沒有闔過眼，也沒有放鬆戒備，而待在三樓露臺的戴仁佑則是嘴裡叼著牙籤，靠在能夠看見出入口的那側，翹著二郎腿發呆。

渡假村裡有間販賣部，架子上有很多食物，他一見到牛肉乾就忍不住順手帶走，悠哉地嗑起來。

幸好死者還能品嚐出食物的味道，雖然不會有飽足感，但只要味覺還在就好。

「嗯——應該沒過期吧？」

戴仁佑拿起手裡的牛肉乾包裝，到處都找不到有效期限，於是很乾脆地放棄。

「算了，反正沒差。等那兩個小傢伙醒來再帶點回去給他們吃。」

他邊說邊把吃完的包裝紙隨手一扔，接著視線往下。

濃霧裡有光線射出，吸引了戴仁佑的目光，接著人的輪廓在霧裡晃動，剛開始只有一兩個，但很快的數量便增加，看起來人數不少。

很快的，這些人從濃霧裡走出來，戴仁佑一見到他們就皺緊眉頭，迅速從椅子上站起來。

「……嘖！該死。」

他一眼就看出這群人是活人團體，在「內部」裡唯一會像這樣冷靜行動的活人團體，就只有一個。

——禍鼠。

戴仁佑抓起自己的武器往樓下衝，奔回三人所在的房間。

夏司宇看著氣喘吁吁地戴仁佑，立刻就知道有麻煩了。

「什麼事？」

「閉嘴跟我來。」戴仁佑扭頭示意，為了怕夏司宇不肯過來，還補了一句：「我們得把自己的身分藏起來，要不然會害到他們倆。」

意外的是，夏司宇本來就打算聽戴仁佑的話，所以當他說出後面那句話的時候，夏司宇已經站在他身後，反倒是轉頭的戴仁佑差點沒被他嚇死。

一轉頭就看道夏司宇那張冷冰冰的臉貼在眼前，他是真的想尖叫。

「媽的！你想嚇死我？」

「不是你說很急的嗎？」

即便兩人剛才的距離近到快撞上彼此的鼻子，但夏司宇卻不為所動，反而是戴仁佑氣到臉紅脖子粗，因為自己的反應看起來很膽小的樣子，讓他覺得丟臉。

「哈——真是。」戴仁佑把臉埋入右手掌心，接著從他身邊跨過去，立刻專注於眼前的正事，「跟我來。」

夏司宇看了一眼房間後，跟在戴仁佑身後。

此時，外面那群「老鼠」也已經一步步縮短與渡假村的距離。

第九夜

渡假村（中）

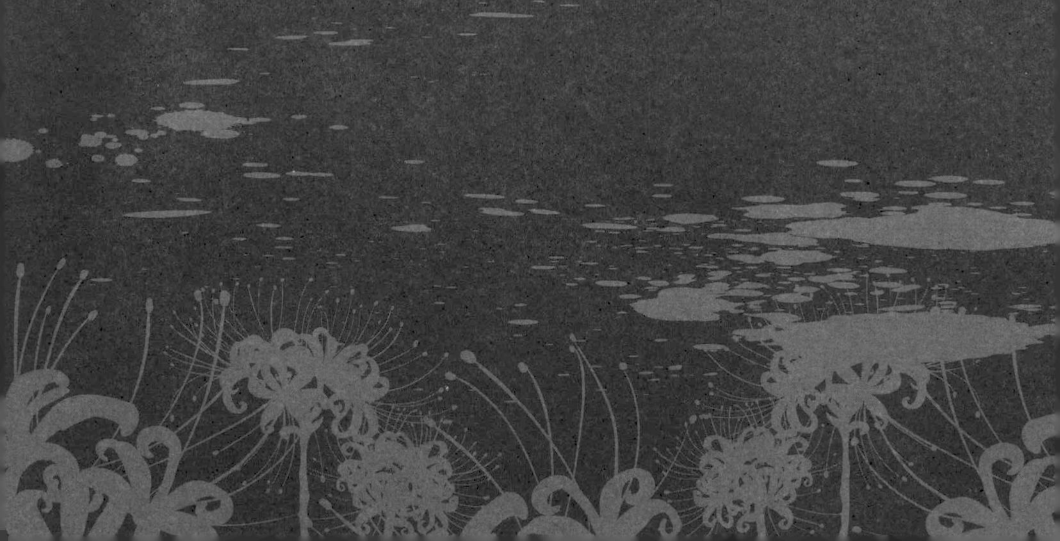

「醒醒。」

「喝呃！」

被人強行從夢中搖醒的杜軒，倒抽口氣，迅速把掛在嘴邊的口水吸回來。

他睜大眼就看到夏司宇的臉，也看到他將食指壓在嘴唇上，示意他小聲點，這時他才發現自己人已經不在那個房間裡，而是被轉移到其他地方去。

他不知道這裡是哪，但看夏司宇的反應，現在根本不是糾結這種事的時候。

揹著徐永遠的戴仁佑也在旁邊，而他則是被夏司宇橫抱在懷裡，明明都是男人，怎麼待遇差這麼多，他是真的不想再被男人用這種姿勢抱著走了。

「要去哪？」

睡眼惺忪的他揉揉眼，覺得還有些睏，但仍努力打起精神。

是說他被人抱走都沒感覺，到底是睡得多熟？明明他並不覺得自己有這麼累。

「先到旁邊的販賣部躲一下，有人來了。」

杜軒嚇了一跳，瞌睡蟲立刻跑光，「難、難道是……」

「不，不是它，也不是其他死者。」

「……活人？」

「對。」

「那為什麼要跑？」

「因為『禍鼠』。雖然不知道他們來這裡幹嘛，但我敢肯定，絕對不是好事。」

沒想到居然會遇見禍鼠，這倒是有點出乎意料之外，對這個活人團體還有些陌生的杜軒，不太清楚他們必須閃避禍鼠的原因是什麼，但看夏司宇帶著他們躲起來的反應，可想而知對方絕非善類。

這麼說起來，夏司宇和戴仁佑似乎換了套衣服，連槍也沒隨身帶，很明顯是想刻意隱藏自己的身分。

禍鼠想殺死者，兩人的判斷很正確，而身為死者的他們跟隨在兩名活人身邊，怎麼想都會讓人起疑，為了保護他跟徐永遠，他們才會做出這個判斷吧。

「這裡。」

戴仁佑用屁股推開門，先行進入，夏司宇也在戴著杜軒走進去之後，將人慢慢放下來。

杜軒踩穩腳步環視四周，販賣部比他預料得還要乾淨整潔，而且架上還有滿滿的商品，跟他想像得有點不同。

另一側，熟睡中的徐永遠突然被自己驚醒，睜開眼之後呆滯幾秒才回過神。

「呃！發生什麼事？」

他一臉吃驚，直到發現自己正被戴仁佑揹著，更是嚇得往後仰，差點沒摔下去。

「你別亂動！」

「為什麼你會揹著我！」

「還不是因為有麻煩，不然我會沒事找罪受？」戴仁佑咋舌後，將徐永遠放下來。

接著他將禍鼠過來的事情告訴徐永遠和杜軒，相較於杜軒，徐永遠對於禍鼠的事了解得比較清楚，而戴仁佑雖然沒來這裡多久，但對於禍鼠的情報也是多少有所掌握。

杜軒和夏司宇只能站在旁邊聽兩人討論，完全沒有插嘴的空間。

「禍鼠？那些人跑來這裡幹嘛？」徐永遠很驚訝，但他又突然摸著下巴，自言自語地碎念：「……不，不對，是有人『引導』那些傢伙過來的。」

「你也是這麼想？」

「對，不然時間點也太湊巧，更何況從這裡完全看不見我們原本待的城市，如果不是地圖上標示或是他人告知，根本不可能會『主動』到這裡來。」

「你跟我的想法一樣，真讓人不爽。」

「現在不是顧慮你那敏感心情的時候，你說他們看起來是有明確目標性的，並不是被追趕也不是糊里糊塗誤闖的話，就只剩下我剛才說的那種可能性。」

「嘖，有目標的話才麻煩。」

「說得對，不過我想知道那些傢伙到底想幹嘛。」

徐永遠拉住戴仁佑的手腕，這讓戴仁佑臉色鐵青，因為他似乎知道徐永遠打算幹什麼好事。

「喂你，我才不想——」

「兩人行動會比四個人一起要來得安全，你跟我走。」

「老子拒絕。」

「你沒有拒絕的權利，難道你不認為知道對方的意圖，比較方便做後續的打算？」

「那你找鬣狗去，別來煩我。」

「其實找誰都沒差，但你覺得他會扔下杜軒跟我走？」

兩人往夏司宇跟杜軒的方向看過去，同時得出結論。

不，夏司宇這條忠犬絕對不可能離開杜軒半步。

他們雖然意見不合，可是此時此刻卻有著共通的想法。

「行，老子跟你去。」

夏司宇雖然沒開口說半個字，但他那陰森的表情讓戴仁佑主動退卻。

他可不想老是被夏司宇針對，雖然不滿，可是既然已經選擇要跟這兩個人一起行動，就不得不做出退讓。

「你們要小心點。」杜軒忍不住上前和兩人說：「要是有什麼危險就逃，離開也沒關係。」

「禍鼠那些傢伙雖然做事很瘋狂，但不會亂殺人，你放心吧，就算被發現我也有信心能溜走。」徐永遠拍拍他的肩膀，要杜軒放鬆點，別那麼緊張。

他和禍鼠有過連絡，說實在話也跟他們不算是互不相識的陌生人，只是因為這些人做事太粗魯，又老愛自己做死，所以他才會沒跟這群人一起行動。

「你們只要還待在這附近，我就能找到你們，所以不用特地留線索讓我知道。」

杜軒點頭，「我明白。」

徐永遠有「心聲」，透過這個能力，就可以聽見所有人的位置，估計他就是想靠這點來定位自己，只不過，想要清楚知道禍鼠來這裡的目的，他就不能只靠模糊不清的「心聲」來做猜測。

他得親自和對方交談。

將交談內容和透過「心聲」所得知的線索融合後，才能用最短時間理解對方的意圖。

正因為這麼做很危險，現在的禍鼠也並非完全信任他，所以得讓夏司宇或戴仁佑保護自己才行。

其實他覺得夏司宇才是最佳人選，畢竟他的判斷能力很強，可惜沒辦法把他跟杜軒分開來，只好勉強選擇戴仁佑。

這麼說雖然很傷人，不過他也只是按照常理挑出最佳選擇罷了。

「那我們兩個走了，你們小心點別被那些人發現。」

「要是不小心遇到的話，我能直接殺掉嗎？」

徐永遠嚇了一跳，夏司宇突然提出的問題，讓他有點錯愕。

「呃……」他看著杜軒，沒想到杜軒居然沒有阻止也沒有糾正夏司宇的發言，於是只好老實回答：「可以，但我不建議。」

「什麼意思？」

「至少在我知道他們的目的之前，別殺死他們的人，萬一讓他們產生戒心就麻煩了。」

「嗯，好吧。」

夏司宇點點頭，他明白徐永遠在顧慮什麼，便不再堅持己見。

徐永遠離開前又交代了幾件事，之後就和心不甘情不願，始終臭著一張臉的戴仁佑離開。

「啊哈……大叔看起來超級不爽。」

杜軒苦笑看著戴仁佑的背影，突然覺得有點對不起他。

夏司宇看著杜軒的側臉，倒是想著耳根子終於能夠清靜點，挺不錯的。

「他們熟悉禍鼠，讓他們去接觸很適合，不用擔心。」

「不，我倒不是在想這件事。」杜軒雙手環胸，手指捏著下巴思考，「其實我有猜到那些人來這裡的幾個可能性，但沒什麼把握。」

倘若改變隧道出口，把他們帶到這個木屋渡假村的是那個黑影人的話，那麼很多事情都能做出相對應的猜測。

黑影人的目的是殺死他跟徐永遠，可是他身邊有夏司宇保護，也因為徐永遠的關係沒辦法接近，所以借刀殺人的可能性很高。

確實，他對於「禍鼠」的情報知道得並不多，但從他們能夠知道被怪物抓走的死者會從那個山洞出來，並提前埋伏的情況來看，他們肯定有能夠獲得相關情報的手段或是途徑。

一想到這點，就讓他回想起夏司宇曾提起過，死者們會從武器庫知道新的一批活人被送來的時間跟地點這件事。

相同理論，若活人團體那邊也有類似的「福利」呢？

以前在進行遊戲的時候，大多都是封閉區域的任務解密，有點類似於逃脫遊戲，而在每場遊戲中活人都會取得情報，這是「遊戲」中的基本機制，而給出的情報全都是對玩家有利的。

有時解不開秘密，並非因為情報不足，而是團體之間的失和與猜忌。

因為之前是在狩獵森林，那裡不像以前遇過的遊戲，是沒有目標、沒有任何幫助，只有「逃跑」一個選擇的空間，所以在來到「內部」的時候，他很自然地以為這裡跟狩獵森林相同，但，總覺得有點不太對勁。

「禍鼠」的出現，讓他覺得生存在「內部」的活人並非只是逃離追殺而已，他們十分確實地在進行著某件事——就像以前在遊戲裡執行「任務」的時候一樣。取得線索後尋找逃出的方法，讓自己活下去。

「我覺得這裡很像是開放式地圖的遊戲。」

夏司宇皺眉，杜軒說的這個名詞，他一點都沒聽懂。

看他這麼困惑，杜軒便接著解釋：「簡單來說這裡跟之前一樣是屬於『遊戲』，在這裡的人要想辦法『逃出』。」

「你的意思是，這裡跟你之前玩的遊戲一樣？」

「嗯，只不過是沒有邊際的地圖而已，並不是封閉區域。所以才會提供死者活人出沒的情報，當然活人那邊肯定也有提供對於『離開這裡』有利的情報。」

夏司宇愣住，完全沒反應。

他覺得杜軒根本就是意想天開，但又覺得如果自己說得太直接，會傷到他的自尊心，面色相當凝重複雜，努力思考該怎麼回答才不會讓杜軒傷心。

「你一定覺得我在胡言亂語。」

「呃……」

夏司宇很老實，他會這樣猶豫就代表他心裡真的這樣想。

杜軒賭氣地說：「我也是有在好好思考的。」

「該不會是發燒的關係，你的腦袋變得不太清楚了吧？」

「我才沒弱到那種地步。」

「但你剛才說的……」

「我說過，那只是一種推測，等徐永遠他們確認之後就可以證實我的想法對不對了。」

「……好吧。」最後，夏司宇還是決定相信杜軒，但他態度變得有些慵懶，「那麼你的意思是，禍鼠的人來到這裡是想完成某種任務？」

「嗯，雖然我不知道他們是怎麼過來的，但這裡肯定有他們想要的『道具』。」

「你怎麼能確定？」

「因為以前玩的那些遊戲都是在找道具。」

杜軒老實回答，雖說他說得很對，可是還是缺乏讓人信服的證據。

這點他自己比誰都清楚，所以也只是嘴巴上說說而已。

「如果你說的是對的，那麼禍鼠想來這裡找什麼？」

杜軒嘆口氣，「只有兩種可能，逃離『內部』的重要道具，或是能夠殺死死者的武器。」

「你是說像那根鐵棍？」

「對。」

夏司宇指的是他們在消滅警笛頭後得到的鐵棍，那時候也是他第一次見到死者會對某樣物品產生排斥感，也是第一次見到死者「被殺害」。

「可是如果真有那種東西，你跟大叔肯定會有反應。」杜軒摸著下巴，接下去說：「有可能不是被藏在這裡的某個地方，我猜應該是會出現在這個區域內的怪物身上所附帶的物品，就像警笛頭那樣。」

「……如果到時候我有危險的話，你絕對不要管我。」

夏司宇突然冒出這句話來，讓杜軒驚訝地轉過頭。

他瞪大眼，立刻否決：「我不可能拋下你不管，別開玩笑了！」

要不是夏司宇，他都不知道死過多少次了，他杜軒可不是那種受人恩惠卻不懂得回報的渣男！

就算他心裡清楚夏司宇只是想保護他，但他不想用這種方式自保。

夏司宇聽到杜軒的怒吼，沒說什麼，只是摸摸他的頭。

接著他像是聽見了什麼聲音，將頭撇向窗外，蹙緊眉頭。

「準備移動。」

杜軒用力點頭，正當他打算離開販賣部的時候，卻看到夏司宇突然從天花板的破洞鑽進去。

他停下腳步，張著嘴巴看著窩在天花板夾層裡的夏司宇。
「不、不是要走嗎？」
「比起逃走或是跟他們保持距離的移動方式，不如躲起來。」
夏司宇從天花板裡伸出手，示意杜軒上來。
杜軒有點不安，「沒蟑螂吧？」
「很暗，就算有也看不到。」
「唔呃呃呃……」
夏司宇沒否認，就表示裡面絕對有！
杜軒渾身起雞皮疙瘩，在原地瘋狂踏步，當他從窗戶看見有人影往販賣部的方向走過來之後，也只能咬緊牙根、硬著頭皮抓住夏司宇的手。
被拉入天花板後，杜軒還以為就安全了，沒想到比起有沒有蟑螂這件事，他更要擔心天花板的薄層能不能支撐住他跟夏司宇的重量。
「夏……」
他正想開口問，卻被夏司宇摀住嘴，接著他聽見底下傳來交談聲。
「這裡吃的還真齊全！」
「有泡麵耶！還是維○炸醬麵！」
「真的假的？」

這兩個人似乎是來負責搜索糧食，他們隨身攜帶大提袋，顯然是有備而來。他們很開心地將架上的東西掃光，把帶來的四個提袋都塞滿。

很可惜，他們並沒有聊除了食物之外的對話，所以夏司宇和杜軒也沒能聽見什麼有用的情報，但可以確定的是，「禍鼠」是來這裡找某樣東西的。

等兩人離開後，夏司宇才從天花板上跳下來，杜軒也很想趕快離開，拚命向夏司宇伸手求幫助。

夏司宇把他扶下來之後，發現杜軒的背後有隻小蟑螂，便默默替他處理掉。

幸好杜軒沒發現，要是他因為害怕而慘叫的話，他們就沒辦法平安無事地躲過那兩個活人了。

「感覺渾身不舒服。」杜軒抖抖身體，總覺得很不舒服。

還好那兩個人沒待太久，要不然他真的受不了。

夏司宇邊把他頭頂上的蜘蛛網拍掉，邊說：「他們看起來好像還要找其他東西，搞不好真的跟你剛才猜的一樣。」

「就看是他們要找什麼。」杜軒抓起夏司宇的衣服往臉上抹，「呃，你的衣服好臭。」

明明是自己抓起來擦又嫌棄，夏司宇啼笑皆非，但也沒說什麼。

「不管他們要找什麼，既然禍鼠這麼想要，那麼先拿到手的話肯定會對我們有利。」杜軒說完，大步往販賣部外走過去。

夏司宇二話不說拽住他的衣領，差點沒把他勒死。

強制拉回的杜軒用力咳嗽，忍不住回頭瞪夏司宇。

「你在幹嘛！」

「……總覺得你要做危險的事。」

夏司宇鬆開手，一臉冷靜地回答。

杜軒嘟起嘴巴，就是沒辦法認真對這張臉發火。

「我不會亂來。」

「你覺得我會信？」

他沒想到自己竟然無法反駁。

「我、我還沒想好要怎麼做。」

「不就是混進去嗎？」夏司宇皺眉，「你不熟悉『禍鼠』，那種團體可不是隨隨便便冒出來的陌生人就能加入的，就算你跟他們一樣是活人也不會提高成功率。」

「那你的意思是我只能等徐永遠他們回來？」

「至少他們有情報能用，等聽完後再討論怎麼做比較安全。」

杜軒並不這麼認為，直覺告訴他，這種事情得先搶先贏。

雖然對徐永遠有點不好意思，可是這是競爭，而他並不想讓禍鼠拔得頭籌。

的腦海裡。

「我——」

杜軒剛張開口，下一秒眼前突然閃過許多畫面。

這些影像的速度很快，他沒辦法全部看清楚，但是其中卻有幾幕清楚地烙印在他的腦海裡。

他因為頭劇烈疼痛而身體不穩地往前傾倒，夏司宇見狀，急忙抓住他的肩膀。

「喂！你怎麼又……」

這情況似曾相識，當杜軒抬起頭和他對望的時候，很快就明白發生什麼事。

「該不會你……」

杜軒咬緊下唇，沒有回答，但他的反應卻已經說明一切。

沒錯，是「預知」能力。

跟以前一樣都是突然閃過眼前，如跑馬燈般的複雜畫面。

他這次看到的並不是關於他或是夏司宇的事，而是一群他從沒見過的陌生人。

那群人站在一扇被鐵鍊層層綑綁的門前，領頭的男人手裡拿著一把金色鑰匙，但在他用鑰匙開鎖的同時，門上的鐵鍊如繩索般緊緊捆住所有人，硬生生將那些人的脖子、四肢全部扭斷。

現場滿地都是人體殘肢以及大量的鮮血，但很快的，鮮血就從門縫裡被吸入房間，滿地的屍塊在短短幾秒鐘之內化為白骨。

無論是氣味還是被鮮血濺灑的感覺都十分真實，彷彿他人就在現場看著這一切發生，在那之後鐵鍊撲向自己，而他的意識也從「預知」中抽離，身體跟著無意識地癱倒，如果不是被夏司宇拉住，他可能會昏過去。

「門……」杜軒有氣無力地喃喃自語，他疲憊地冒冷汗，對夏司宇說：「我們……要找到那扇門才行。」

夏司宇不懂杜軒的意思，但那蒼白的臉龐，令他擔憂。

「知道了，我會找到它的。」

他只能這麼說，期許自己的諾言能讓杜軒恢復冷靜。

但杜軒只是閉上眼，就像之前那樣，在預知過後昏睡過去。

徐永遠和對方的小隊長見了面。

他直接就坐在大廳的椅子上等這些人出現，然而當對方走進來、見到徐永遠跟戴仁佑的時候，並不是很驚訝。

徐永遠知道他們在外面就已經先分配好工作，補給、周圍安全確認，以及由小隊長負責帶領的屋內搜索組。

對方看了他一眼，便走過去在徐永遠的對面坐下。

戴仁佑雙手插在口袋裡，靠著徐永遠椅背後方的牆壁，活像是隻看門狗，不過它散發出的不是威嚇氣息，而是不耐煩。

他心裡還在抱怨自己的霉運，以及每次都把事情推給他做的夏司宇。

禍鼠的小隊長從口袋裡拿出一包菸，遞給徐永遠，他二話不說就從裡面抽出一根，放入口中。

等對方用打火機替他點燃後，吸了一口，勾起嘴角。

「你們來這裡做什麼？需要幫忙嗎？」

徐永遠開門見山地問，但他並不認為對方會老實回答，他不過是想藉由提問的方式來誘導對方在心裡回答出正確答案罷了。

果然，對方並沒有乖乖回應，不過徐永遠也已經透過「心聲」的力量知道他們的目的。

這些人是來這裡找「某樣道具」的，而那個道具是可以用來殺死死者的武器。

徐永遠曾聽說過有這種東西在，但沒見過，所以只當是個都市傳說，不過看這些人的態度和肯定的語氣來看，他們說的是實話。

也就是說，那個武器確實存在。

怪不得這群人見到他們也沒有產生敵意，似乎是打算減少爭鬥，以最快的速度達成目的後離開，並不打算在這裡久留。

「你原本就住在這裡嗎？」

「不，我是被『轉移』到這裡來的。」

小隊長飛快掃視徐永遠和戴仁佑的表情，皺緊眉頭。

「看來你不是最近才過來的人。」

「如果是的話我這麼冷靜豈不是很怪？」

「哈啊……那你是怎麼『轉移』的？是遇到怪物嗎？」

「我是穿過隧道後過來的。」徐永遠如實回答，他不能讓對方起疑，所以只說出「可以告知」的實話，只有這樣才能讓對方放下戒心。

這種交涉他早就已經習慣，是他最拿手的，而且他還能透過「心聲」的能力來輔助，讓自己做出最佳選擇。

「我們只會在這裡待一下子，等補給完之後就會離開，你要跟我們走嗎？」小隊長很誠懇的向徐永遠提出邀約，「人多彼此才有照應，分散的話反而容易被盯上，既然你不是剛來到這個地方的新人，應該很清楚我的意思。」

「當然。」徐永遠垂低眼眸，「不過在回答之前，我想弄清楚一件事。」

「什麼？」

「你會提出邀請，就是確定我們兩個人不是死者，對我們這些活人靈魂來說，並不具有能夠判斷對方身分的能力，那麼你是怎麼分辨出來的？」

徐永遠提出問題的時候，有兩種猜測，一是他們非常確定死者不知道這個地方，又或者是死者絕對不可能出現在這；二是他們手裡握有能夠判斷身分的道具。

老實說，他比較希望是後者，因為這樣的話就可以強奪過來，對他跟杜軒很有幫助，只可惜事與願違。

「這是我們禍鼠才能知道的情報。」

在小隊長回答的同時，心裡真正的想法則是徐永遠猜測的第一種可能性。

死者不知道這個地方，而且也「不可能」接近，所以他們沒有必要懷疑出現在這裡的人的身分是什麼。

禍鼠是從什麼時候開始掌握這種情報的？真令人意外，怪不得他們能越來越強大，甚至還能自信滿滿地去反殺死者。

「既然你這麼說，我就不多問了。」

徐永遠從把菸從嘴裡拿下來，直接壓在桌上熄滅它。

小隊長看出徐永遠的動作暗指彼此的閒聊時間結束，便起身回到同伴身邊，頭也不回地踏入漆黑的走廊。

徐永遠看著這群人的背影，翹著二郎腿對臉仍臭到不行的戴仁佑說道：「事情變得有趣了，要聽聽嗎？」

戴仁佑沒回答，只是凶神惡煞地盯著徐永遠看，還緊咬著嘴唇，與其說是在生氣，不如說像是因便秘問題而感到痛苦的大叔。

徐永遠不知道他這是什麼意思，冷汗直冒。

「你在幹嘛？」

「反正不用回答你就能知道我在想什麼。」

「呃，我也不是全天後都開著能力，能力消耗太多也是很費精神的。」

「是這樣嗎？我還以為就跟呼吸差不多感覺。」

「啊哈哈。」徐永遠苦笑，從椅子上站起來，「走吧，回去找那兩個人，得把情報告訴他們才行，而且對我們還蠻有用的。」

「你知道他們在哪？」

「聽聲辨位。」徐永宇用食指輕輕敲打自己的耳垂，「我只要稍微開啟能力，聽到他們的聲音就可以判斷位置。」

「還真好用。」

「確實是幫了不少忙，不然待在這種鬼地方真的很容易迷路。」

兩人邊說邊往禍鼠離開的反方向走，直到聊天的聲音漸漸消失在黑暗中。

第十夜

渡假村（下）

杜軒醒過來後第一句話就是不雅的髒話，接著扶額抱怨。

「我真的越來越討厭自己了。」

明明之前他的預知能力都不會發生暈倒這種問題，為什麼現在雖然能力回來，卻老是暈倒，他身體沒弱到這種地步才對！

「是不是腦袋有問題？」

夏司宇問這個並沒有什麼惡意，只是單純想幫他找出原因，結果白白被杜軒瞪了一眼。

他眨眨眼，根本不懂自己說錯什麼。

「……算了算了，先不管這件事，最主要的是我剛剛看到的『危險』內容。」

金色鑰匙、被鐵鍊鎖起來，能夠吸人血的門——這些都不是什麼好東西。

坦白講，這個預知出現得很及時，這樣他可以知道禍鼠那些人想找什麼，還有必須取得的「重要道具」。

看來他猜想得沒錯，這個地方果然是他所熟悉的「遊戲」。

掌握這個空間的是黑影人，所以肯定是它在暗中作祟，那就表示它打算以不直接面對面的方式殺死他，就像從前那樣。

只不過之前殺過那麼多次都沒有成功，肯定會增加困難度，讓他難以逃脫，果然，如果想要反抗的話，他必須想辦法像徐永遠那樣控制好自己的能力才行。

「我們要找一把金色鑰匙，還有被鐵鍊綑住的門。」

夏司宇點點頭，「這裡不大，找起來應該不困難，但問題就是要避開禍鼠那群人。」

「先等徐永遠他們回來吧，他們差不多要回來找我們了。」

「這也是預知到的？」

杜軒點點頭，「很多畫面碎片，但幾幕我還是看得很清楚。」

「……讓你發動能力的原因究竟是什麼？如果知道的話，我就能提前保護你。」

「要是知道的話我就不用這麼辛苦。」杜軒苦笑，但夏司宇的話倒是提醒他一件事，「真要說的話，我總感覺自己的能力像是分身一樣的存在，有種被它警告的感覺。」

「該不會你的身體裡還有另外一個你？」

「如果是的話就可怕了，又不是恐怖片。」

說完這句話，杜軒立刻覺得有點尷尬。

他現在所遭遇到的一切根本就像是恐怖片才會出現的情節，否認的話反而像是在自打嘴巴。

不過當夏司宇提起另外一個自己的時候，杜軒想起的是之前受傷時遇到的分身。

雖然那時他的腦袋也不是很清楚，根本沒辦法判斷是幻覺還是現實，但如果那個人沒有出現的話，他現在也不會站在這。

「你是不是想到什麼？」

「沒什麼。」杜軒往門口走，回頭對夏司宇說：「總之我們先出去，避開禍鼠那些人去找找看那扇門。」

「不是說要等戴仁佑他們？」

「反正徐永遠說過，不管我在哪都能找得到我，就不用在這裡白白浪費時間了。」杜軒歪頭，用輕鬆的口吻說道：「時間寶貴，而且我們得搶在禍鼠那些人之前，不能賴在這裡什麼都不做。」

夏司宇點點頭，順從杜軒的意願跟著他離開販賣部。

他們一邊閃躲禍鼠，一邊回到渡假村進行搜查，但這裡比想像中還要大，而且有不少「門」，加上還必須避開禍鼠的關係，導致很難去找尋目標。

杜軒看了一眼手錶，疲倦地坐在窗檯上休息。

他們已經找了三十分鐘，什麼收穫也沒有，而且徐永遠他們也一直沒出現，雖然擔心他們是不是遇到什麼麻煩，不過沒聽到什麼危險的動靜，所以應該沒事。

「這樣找下去不是辦法。」夏司宇看著杜軒疲憊的側臉，雙手環胸，「你身體還沒完全恢復，不要太勉強自己。」

杜軒根本沒在聽夏司宇說話，反而很認真地在思考。

這次「預知」的畫面跟以往很不一樣，通常畫面很短暫，而且都是發生在幾分鐘後的事，但這次卻不同，過了三十分鐘都還是沒有發生，不但如此，早該消失在記憶中的這些畫面仍清楚保留，讓他可以仔細回想。

「……說起來，記憶中的那條走廊好像沒有窗戶，也沒有其他房間門。」杜軒猛然抬起頭，朝夏司宇問道：「這裡有沒有地下室之類的地方？」

「有。」

回答他的並不是夏司宇，而是從走廊另外一側傳來的聲音。

杜軒和夏司宇立刻轉頭看過去，原本充滿戒心，直到看清楚陰影裡的兩個人是誰之後才解除戒備。

徐永遠與裂嘴笑著回答杜軒問題的戴仁佑，踏著悠哉的步伐走過來。

杜軒鬆口氣，不得不說見到他們真的很讓人開心。

「你們動作真慢。」

「去找東西花了點時間。」

戴仁佑把手裡的東西扔給夏司宇，夏司宇反應飛快地抓住它，垂下手在杜軒面前攤開掌心。

「怎麼會……」

杜軒眨眨眼，沒想到竟然是他從「預知」裡見到的鑰匙。

「我透過『心聲』的力量知道你的『預知』，雖然不知道為什麼我沒辦法聽見預知的內容，但我知道你們想找門跟鑰匙。」

徐永遠如實回答，並聳肩道：「所以我改變主意，先去幫你找這個東西。」

原來如永遠透過「心聲」的力量知道他的目，怪不得這麼久才回來，但他有些在意他說心聲無法窺視預知內容的部分。

難道說，能力之間是無法互相侵犯的關係？所以徐永遠才沒辦法透過他的想法知道預知內容，而是只能得知他想找的物品。

門跟鑰匙，這兩個剛好是他說出口告訴夏司宇的重要情報。

「……你不是窺探我的想法，而是看了夏司宇的？」

徐永遠驚訝地睜大眼，眨了幾下後，忍不住笑出來。

「反應還真快，光是我講出這點話就能立刻得出答案，果然我沒看走眼，你是個聰明的傢伙。」

接著，他收起笑容，改用嚴肅的態度對杜軒說：「我們分開後有發生什麼事嗎？從剛剛開始我就一直沒辦法聽見你的想法。」

會變成這樣，只有一種可能，那就是杜軒的能力變強了。

「……聽不見？這是什麼意思？」

「我們這些有能力的人，如果能力變強的話就能夠反抗其他人的能力。」徐永遠聳肩，「簡單來說，如果你的能力變強的話，我就沒辦法『聽見』你的想法。」

「這是……失效的意思？」

「對。」

「可是我什麼也沒做，只是剛才突然出現『預知』而已，沒感覺到什麼不同。」

「這件事之後再談，現在先專注於眼前的重點。」

接著，徐永遠把他跟戴仁佑從禍鼠那邊知道的情況告訴杜軒跟夏司宇。

夏司宇始終沒有說話，和戴仁佑一起留意附近的安危，以免禍鼠的人接近。

杜軒在聽完徐永遠從禍鼠那邊確認的情報後，摸著下巴思考。

「果然是這樣。」

「怎麼？你有猜到？」

「因為我覺得這個地方很像『遊戲』。」

「你是說那傢伙在外層空間玩弄靈魂的那些遊戲？」

「對，不過我不確定失敗後會不會死亡，而且離開這裡的規定，目的應該不是逃脫，而是取得某樣東西。」

「哈……你總是能讓我感到驚訝，我似乎能明白你為什麼這麼受歡迎。」徐永遠冷汗直冒，聽到杜軒說的話，他真不敢相信自己的耳朵。

沒想到杜軒竟然已經猜測到這種地步，這麼聰明的傢伙，怎麼現在才讓他遇到！

「沒想到禍鼠居然也能取得情報，而且還是能夠對付死者的武器，怪不得有這麼多人來找。」

杜軒根本沒在聽徐永遠說話，反而認真地在思考正事。

「話說回來，你們怎麼拿到這把鑰匙的？」

徐永遠和戴仁佑互看對方，沒打算隱瞞。

「我從禍鼠身上搶來的。」戴仁佑雙手插腰，「不用擔心，我把那些人綁起來塞在衣櫃裡。」

杜軒聽完，頭痛萬分。

「這樣做禍鼠就會知道你們的目的，反過來發動攻擊！」

徐永遠補充道：「正因為知道我們剩下的時間不多，才會來找你。」

眼看這兩人一搭一唱，完全就是先斬後奏的態度，杜軒也只能嘆氣。

「不管了不管了。大叔，你剛才說知道地下室在哪吧？帶我們過去。」

「可以是可以……」戴仁佑看了一眼夏司宇的臉，面有難色，似乎很抗拒那個地方。

「大叔你幹嘛用那種表情看著夏司宇？」

「沒、沒什麼，我來帶路。」

杜軒困惑地盯著戴仁佑的後腦杓看，戴仁佑除了尷尬苦笑之外也拿他沒辦法。

夏司宇起先並沒有把戴仁佑的反應當回事，直到來到戴仁佑所說的地下室前，才明白他為什麼臉色會這麼難看。

戴仁佑帶他們來到的「地下室」入口位於一樓大廳接待處後方、位於瀑布方向的後門，這裡的濕氣很重，連木製地板都像是被濕氣泡爛，有股難聞的霉味。

走廊左側是瀑布聲，右側則是發霉的木製牆面，甚至連掛在上面的畫都沾有濕氣，至於眼前這扇通往地下室的門，則是早就已經被人開啟。

門內是通往下層的階梯，從底下可以隱約看到微弱的燈光，與其他地方不同的是，下層的牆壁是由石頭堆砌而成，而且濕氣更重。

戴仁佑和夏司宇下意識地往後退，完全不想靠近，看到他們的反應後，徐永遠和杜軒立刻就明白這裡就是他們要找的地方。

「沒想到居然會在一樓入口對面，還真是好找。」徐永遠拿起掛在畫旁邊的油燈，對兩個不想靠近這裡的死者說：「我跟杜軒下去就好，你們在這裡待著。」

夏司宇皺眉，一秒拒絕。

「不行，太危險。」

門是開著的，很顯然在他們之前禍鼠那群人就已經先行下去，而徐永遠和杜軒手上什麼武器也沒有，對方人數眾多，憑他們兩個人根本打不贏。

戴仁佑倒是很想接受徐永遠的好意，不過看夏司宇態度堅決，他也不好意思說什麼。

「用不著跟他們說那麼多，我們走。」

杜軒走到夏司宇面前，伸手討鑰匙。

起先夏司宇不是很願意，但在杜軒面不改色的表情下，也只能妥協。

他將鑰匙放在杜軒手裡，趁他握住的時候，抓住他的手腕，把他拉向自己的胸口，低頭在他耳邊說道：「我給你十分鐘，你如果沒出來，我就會過去找你。」

說完，他便鬆開手。

杜軒有點被他嚇到，被夏司宇抓過的手隱隱作痛，這也明確表達出他的認真程度。

他沒有在開玩笑，以夏司宇的性格，絕對會這麼做。

「你不要亂來。」

「這是我要對你說的。」

「唉……知道了。」

杜軒自知無法說服夏司宇，唯一能阻止他的，就只有在十分鐘之內回到這裡來。

他回到徐永遠身邊，把他手裡的油燈拿過來，獨自走下階梯。

徐永遠轉頭朝夏司宇聳肩表示無奈後，蹦蹦跳跳地跟在杜軒身後，而被扔下的夏司宇表情十分僵硬，看得出來他有多麼不甘心。

戴仁佑見狀，走過去拍拍他的肩膀安慰。

「不管底下放的是什麼，肯定不是什麼好東西，你就別硬撐著。」

「……嘖。」

「那裡散發出的氣息和之前的鐵棍完全不是同個階級的，不用我說你應該也很清楚。」

「這種時候我還真痛恨自己是個死人。」

「哎，沒事啦！反正杜軒這人又不是笨蛋，不會白白送死，再說還有另外那個小子在，應該沒什麼問題。」戴仁佑拿起靠著牆邊擺放的掃把，塞進夏司宇手裡，「總之我們就顧好這裡，等他們回來。」

夏司宇直勾勾盯著手中的掃把，緊緊握住，差點沒把它折斷。

戴仁佑拿著兩個馬桶刷回來，見夏司宇還擺著那張臭臉，也只能無奈地冒冷汗。

心裡祈禱杜軒和徐永遠趕快回來的同時，他也得想辦法好好安撫這條忠犬。

樓梯的盡頭，是平穩的地面。

撲鼻而來的血腥味道，比在門外嗅到的還要濃烈，踩踏地板時除了能聽見響亮的水聲之外，還可以清楚感覺到自己正踩在濕答答的物體上面。

杜軒將油燈垂下，照亮腳邊，沒想到在搖曳燈光下最先出現在視線範圍裡的，是被削去半邊臉的頭顱。

頭顱上的眼珠子瞪大著，佈滿血絲並向上吊起，像是在死亡前被強烈的恐懼籠罩，帶著畏懼、害怕的心情迎接死亡。

杜軒不由得往後退步，輕輕撞在站後面的徐永遠身上。

徐永遠扶著他的肩膀，也看到了那半顆頭顱。

「你應該不是第一次見到屍體吧？」

「……不是。」

杜軒皺眉，選擇繞過那半顆頭顱往前走。

即便他參加過多次遊戲，見過活生生的人在眼前死亡的畫面，但他仍沒辦法完全習慣，而且這半顆頭顱會讓他想起自己的「預知」。

不過，地面除了那半顆頭顱之外，全都是鮮血，周圍還有碎肉，像是人被絞碎或是撕裂後留下的殘渣。

鞋子踩在血淋淋的地板上，有些滑溜，一個不小心很有可能就會摔倒。

他可不想因為這樣而把自己身上弄得滿是血跟肉渣。

兩人繼續沿著走廊往前，旁邊仍能清楚聽見瀑布的聲音，這裡不但濕氣更重，就連溫度也有相當大的差異，就像是來到存放鮮食的大型冷藏櫃，雖不至於結冰，但是卻冷得讓人關節僵硬，行動遲緩。

「太安靜了。」

徐永遠一直覺得很不安，而且越往前走，屍塊的數量就越多，甚至還有白骨。

腐爛的味道已經完全融入空氣中，吸入太多對身體不好，也會在體內累積成劇毒，可是杜軒卻沒有要停下來的意思，直到他們來到盡頭。

這裡堆積的屍體數量是最多的，它們全都集中在那扇被鐵鍊綑綁起來的門附近，屍塊上甚至還有鮮血在流，就像是不久前才切碎的。

杜軒跨過屍塊，提起油燈照亮這扇門。

其實他的胃已經在翻滾，幾乎快要吐出來，但比起身體的不適，他更想去確認自己所看到的景像。

門上的鎖還在，但是卻沾著鮮血，一滴一滴地，看起來才剛弄上去沒多久。

他蹲下來檢視屍塊，雖說很多部分已經沒辦法辨認，不過還是有比較完整的屍塊，而且他也從這些屍塊上的肌膚所留下的印痕，得到線索。

痕跡很深，明顯是被鐵鍊狠狠綑緊過，和他的「預知」一樣。

簡單看過後杜軒便起身，嘆了口氣。

「來晚了。」

他沒辦法明確知道自己「預知」的事情會發生在什麼時間點，有的時候來得及，但有的時候卻也愛莫能助。

這些還在流血的新鮮屍塊，很顯然就是出現在「預知」中，他所見到的禍鼠們，因為屍塊過多，他沒辦法計算被殺掉的禍鼠有多少，可以確定的是，這些人失敗了。

杜軒轉頭看向那扇散發出陰冷氣息的門，照亮門縫的位置，果然可以看到鮮血正被統一往門縫裡吸入的畫面。

鮮血分佈得這麼廣，不可能會那麼統一地往同個方向流動，這種情況只有兩種可能。要不是這個地方是傾斜不平的，要不然就是裡面有東西在吸引這些鮮血。

以正常情況來說，前者可能性較大，但這裡可不是什麼「普通」的地方，所以也沒辦法排除第二種可能性。

倘若是第二種的話，那就表示這扇門後面有某種東西或生物在吸食鮮血。光想想而已，杜軒就覺得渾身不舒服，現在不只鬼跟怪物，連吸血鬼也要登場了嗎？

「要開嗎？」

徐永遠無法讀出杜軒的心思，所以他不知道杜軒現在心裡在想什麼。

他們都已經來到這裡，沒道理還呆呆站著、什麼也不做。

杜軒看了一眼手裡的金色鑰匙，皺緊眉頭，果斷將油燈塞回徐永遠手裡。

「要，我來開。」

老實說，他很不安，甚至連拿著鑰匙的手都在顫抖。

腦海不斷浮現出「預知」的畫面，即便沒有親眼目睹，仍然清楚腳邊的屍體是怎麼死的，但如果說這裡面真的有能夠對付死者的武器，說什麼也得拿到手才行。

他不是想拿武器來自保，而是要確保夏司宇和戴仁佑不會被這個武器傷害。帶著這個想法，他成功插入並轉動鑰匙。

喀。

鎖打開，如鉛塊般沉重墜地，連同插在上面的金色鑰匙也跟著掉下去。門上的鐵鍊全部吸入門後，消失不見，很有趣的是它們並沒有要傷害杜軒的意思，和「預知」看到的情景不同，他跟徐永遠完好無缺，沒有被攻擊。

因為沒有門把，所以門緩慢地向後打開，透過打開的部分可以看見裡面像是儲藏室，有許多貨架跟紙箱，極為普通。

由於和預料中完全不一樣，杜軒和徐永遠反而有點不知所措，兩人交換眼神後，輕輕推開門板走進去。

安全起見，徐永遠隨便拿東西插入門縫，將門牢牢卡住，以防止它突然關上，杜軒則是先一步巡視貨價上的物品。

「都是些雜物，看不出來有什麼特別的。」

「哈……我都要懷疑這裡是不是真的放著能對付死者的武器。」

徐永遠雖然已經透過「心聲」，從禍鼠那裡得道找出武器的線索和提示，可以確定他們做的事情是正確的步驟，也沒有找錯地方，但這裡怎麼都不像是會放那麼重要物品的藏匿點。

杜軒隨手拿起木製的搖頭娃娃，尷尬苦笑。

「不會這些東西都是『武器』吧？是因為數量過多的關係，所以才讓夏司宇和大叔產生那麼大的排斥反應。」

「你的想法也不是不可能，可是真要說的話，我們這些活人所能使用的武器會不會太兩光了點？」徐永遠拿起竹蜻蜓，上下甩動，「這種東西是要怎麼拿來用？直接插進那些死者的腦袋瓜裡嗎？光想想就覺得有夠蠢的。」

徐永遠說得沒錯，想要知道答案的話，就必須得問禍鼠才行，只可惜人都死光了。

「你能聽見樓上或其他地方還有禍鼠的聲音嗎？」

「我的能力好像沒辦法正常使用，不知道是不是因為這個地方的關係。」

「那上去吧，老在這待著也不是辦法。」

杜軒邊說邊透過眼角餘光，看見孤零零待在貨架上的火柴盒。

他順手將它取走，接著將油燈底下的注油口打開，將油隨意灑在貨架上面。

「……有點少。」

「那這些呢？」

已經看出杜軒想法的徐永遠，輕鬆地從旁邊找到一桶油。

接著兩人把整個倉庫灑滿油之後，退到門外去。

杜軒拿出火柴，點燃後扔進倉庫，瞬間起火燃燒。

「只要毀掉這個地方就好？」

「嗯，免得有個萬一。」杜軒絲毫不留戀地轉身，往樓梯的方向走。

徐永遠回頭看看那間倉庫，搔搔頭髮，倒是覺得有點可惜。

他知道杜軒這麼做是為了夏司宇，為了死者做到這種地步，除杜軒之外大概也沒有別人能做到。

杜軒沒那個閒情逸致去管徐永遠的想法，因為他現在覺得心裡有些疙瘩，就好像有什麼重要的事情被他忘記似的。

果然，他的直覺沒錯。

在瀑布聲掩飾下，鐵鍊的清脆聲響被覆蓋住，導致杜軒和徐永遠都沒注意到它們正從後方逼近自己。

鐵鍊綑住正要往上走的杜軒的腳踝，將他用力往下拉。

杜軒不穩摔倒在地，而看到他倒下的徐永遠也立刻上前想要把人攙扶起來，但他卻發現被某個東西纏住腳，動彈不得。

低頭一看，才發現自己被活生生的鐵鍊緊緊捆著，兩條腿都沒辦法自由行動。

杜軒的身體被快速在地上拖行，往熊熊燃燒的倉庫方向拉過去，徐永遠見狀，即時拉住從他身旁滑過去的杜軒，與扯住他腳踝的鐵鍊對峙。

「嗚！我、我的腳……」

「撐……撐住……」

徐永遠咬緊牙根，用吃奶的力氣抓住杜軒的手，說什麼也不肯放開。

杜軒臉色鐵青，扯破喉嚨大吼：「夏司宇！」

喊完後不到幾秒鐘時間，夏司宇和戴仁佑立刻衝下來。

他們看到杜軒跟徐永遠的情況後，二話不說過去幫忙，但手邊沒有任何武器的他們，面對鐵鍊根本束手無策。

「喂！這樣下去他們倆就完蛋了！」

戴仁佑幫忙抓住杜軒，減少徐永遠的負擔，可是光靠蠻力支撐沒有辦法持續太久時間，還是得想辦法把鐵鍊處理掉才行。

夏司宇盯著鐵鍊，不悅咋舌。

又是這個東西！跟在公園見到的一樣！

也就是說——

夏司宇猛然抬頭，面向瀑布的走廊窗戶，慢慢地、慢慢地出現人影。

先是腐爛、細到只剩皮包骨的手摸到窗框上面，接著是披頭散髮、根本看不到面孔的臉，以及那彎曲的四肢，如蜘蛛般爬行。

徐永遠和夏司宇對這個怪物並不陌生，而他們也立刻發現這是黑影人的傑作，唯獨戴仁佑完全不能理解地看著莫名其妙出現的新品種怪物。

「那是什麼？女鬼？也太噁了吧！」

他大叫著，但沒打算退縮，反而把杜軒抓得更緊。

「閉嘴！戴仁佑！」

夏司宇煩躁怒罵，往前踏出腳步的他，原本想要去把這些怪物打回瀑布底下，但腳尖卻撞到某樣東西，讓他下意識地低頭一看。

那個物品慢慢滾到旁邊，直到撞在屍塊上面才停下來。

不知道是湊巧還是天意，夏司宇一眼就認出那是什麼，立刻衝上去撿起來。

「戴仁佑，準備好就往上跑。」

「啊？你在說什——」

戴仁佑還沒反應過來，就看見夏司宇打開手裡的染血物品，接著杜軒和徐永遠的身體化為一陣風，吸入他手中的橢圓型道具裡。

鐵鍊失去綑綁的目標，掉在地上，而戴仁佑也因為失衡的關係摔倒。

他還來不及喊疼，就跟在轉身奔向樓梯的夏司宇身後，用盡吃奶的力氣往上跑。

然而，樓梯口的門卻「碰」的一聲被某種力量由外面關上，怎麼樣也推不開。

整個地下空間陷入黑暗之中，鐵鍊跟物體爬行的聲音，清楚迴盪在安靜的空間裡，夏司宇和戴仁佑轉身，透過微弱的光線，看著那些怪物慢慢逼近。

「……該死，果然跟你們這些傢伙一起混，就不會遇到什麼好事。」

兩手空空，被逼到死角的他們，根本沒有反抗能力。

雖說可以考慮把這扇門破壞後逃出去，但這些怪物似乎不會給他們這點時間。

夏司宇盯著緊握在手裡的道具，小心翼翼放入外套內側口袋，與戴仁佑一同做好跟怪物打肉搏戰的心理準備。

沒想到，那扇原本應該關閉的門又突然被打開來。

夏司宇和戴仁佑一發現身後有光線照進來，就知道門被打開，當下兩人沒有思考太多，果斷放棄和怪物戰鬥，同時跑出去，隨即轉身將門緊緊關上。

兩人都還有些喘，但很快就冷靜下來。

因為這裡並不是他們原本所在的渡假村，而是普通的住宅。

在他們身後，有個男人跌坐在地，像是被兩人粗魯的行為嚇到一樣，張著嘴久久無法闔上。

「你、你們……怎麼會……」

夏司宇聽見熟悉的聲音，回頭一看，與這個男人對上眼。

「梁宥時?你──」

他怎麼樣也沒想到，打開門並即時幫助他們的居然是梁宥時!而這棟房子也不是什麼陌生的地方，正是他跟杜軒之前住過一段時間的獨棟屋。

梁宥時見夏司宇一臉詫異，百思不得其解的表情，便尷尬地摳摳臉頰。

「是我把你們帶過來的，我有……幫上忙吧？」

他那無辜般的表情，卻只得到夏司宇想要把人千刀萬剮的可怕注視。

努力表達善意的梁宥時不停顫抖，害怕到快要吐出來，最後被恐懼淹沒，兩眼一翻，就這樣活生生被夏司宇嚇到昏死過去。

夏司宇默默無言站在原地，直到戴仁佑噗哧一聲笑出來。

「活生生把人給嚇暈，真有你的。」

「閉嘴。」

夏司宇頭痛萬分，梁宥時果然還是跟之前一樣軟弱。

但至少這次有派上用場，沒扯他們後腿。

——《殺戮靈魂03》完

後記

各位好，我是最近努力填坑填到好想寫BL戀愛小品的三心二意草。

我要努力完稿，寫完就能寫新坑了——每次坑草都用這句話催眠自己，但最近催眠效果越來越低，反而想寫新坑的慾望越來越高，有點苦惱但很幸福（咦？）。等趕完稿我絕對要大寫特寫！嘿嘿嘿，誰都不能阻止我挖坑，耶比（編輯：求你冷靜）！

故事來到第三集，這次會有新角色加入杜軒的隊伍哦！之前走散（？），整整一集沒出現的大叔也會在這集回歸，大叔和夏哥的人氣都好高，有點讓我意外，不過這兩個人鬥起嘴來真的很有趣，寫他們的互動也很讓人舒壓，好想看看這兩個人在普通世界裡成為朋友會是什麼樣的故事（笑）。

除新角色之外，本故事的大BOSS也會登場，雖說出場蠻短暫的，不過現在還只是稍微刷點存在感而已，之後就會慢慢揭開秘密，還有杜軒為什麼會一直被糾纏的原因。第三集內容大部分都是在找東西，跟前兩集相比比較沒有遊戲感，下一集會恢復遊戲節奏，而且是講夏哥過去的故事哦！敬請期待！

最後，感謝購買並支持這本小說的你，如果喜歡的話請給予坑草支持，讓坑草能夠繼續寫下去。我們下本後記再見^^！

草子信

草子信ＦＢ：https://www.facebook.com/kusa29

高寶書版集團
gobooks.com.tw

輕世代 FW389
殺戮靈魂03

作　　者　草子信
繪　　者　茶渋たむ
編　　輯　賴芯葳
校　　對　薛怡冠
美術編輯　彭裕芳
排　　版　彭立瑋
企　　畫　李欣霓

發 行 人　朱凱蕾
出　　版　三日月書版股份有限公司
Printed in Taiwan
地　　址　臺北市內湖區洲子街88號3樓
網　　址　www.gobooks.com.tw
電　　話　(02) 27992788
電　　郵　readers@gobooks.com.tw（讀者服務部）
傳　　真　出版部　(02) 27990909　行銷部 (02) 27993088
郵政劃撥　50404557
戶　　名　三日月書版股份有限公司
發　　行　英屬維京群島商高寶國際有限公司台灣分公司
Global Group Holdings, Ltd.
初版日期　2023年1月

國家圖書館出版品預行編目(CIP)資料

殺戮靈魂/草子信著.-- 初版. -- 臺北市：三日月書版股份有限公司出版：英屬維京群島高寶國際有限公司臺灣分公司發行, 2023.01-
面；　公分. --

ISBN 978-626-7152-51-5(第3冊：平裝). --
ISBN 978-626-7152-52-2(第3冊：平裝首刷限定版)

863.57　　111012107

三日月書版

GOBOOKS
& SITAK
GROUP©